AF186022

ÜBER PATRICIA ECKERMANN

Patricia Eckermann wurde in Bielefeld geboren.

Nach einer Handwerkerlehre wurde sie Beamtin, sie kämpfte für die Gewerkschaft und studierte Theater-, Film-, und Fernsehwissenschaft, Anglistik und Pädagogik.

Heute arbeitet sie als Fernsehautorin im Team der *antagonisten* und engagiert sich für mehr Diversität in den Medien.

In den Sozialen Medien findet man sie unter @feireficia.

Mehr Infos gibt's auf *www.antagonisten.de*

PATRICIA ECKERMANN

NICHT SCHON WIEDER RAGNARÖK

Roman

Triggerwarnung

www.tredition.de

In dieser Geschichte werden die Figuren u.a. mit folgenden Themen konfrontiert:

- Angststörungen und Panikattacken
- Burnout
- Tod & Todeskampf
- Blut

Solltest du davon getriggert werden, empfehle ich dir, ein anderes Buch zu lesen.

Es gibt inzwischen viele tolle Werke von progressiven, deutschsprachigen Autor*innen, du wirst sicher fündig!

Gerade Selfpublisher und die kleineren Verlage freuen sich sehr über deine Unterstützung.

Für Anregungen & Feedback schreib mir gern eine Mail an: *post@antagonisten.de*

© 2023 Patricia Eckermann

Autorin: Patricia Eckermann

Cover, Umschlaggestaltung, Illustration: **mela**design

Lektorat und Korrektorat: Judith Vogt

Layout: Judith Vogt

Sensitivity Reading: Alexandra Boisen

Verlag & Druck: tredition GmbH, Halenreie 40-44, 22359 Hamburg

ISBN: 978-3-347-83952-6

Bibliografische Information der Deutschen Nationalbibliothek: Die Deutsche Nationalbibliothek verzeichnet diese Publikation in der Deutschen Nationalbibliografie; detaillierte bibliografische Daten sind im Internet über http://dnb.d-nb.de abrufbar

Schab' Liebe, mailof

»Unsere Träume können wir erst dann verwirklichen,
wenn wir uns entschließen, einmal daraus zu erwachen.«

Josephine Baker

Panik

Armin lag auf dem Boden und japste verzweifelt nach Luft. Ihm war übel vor Angst. Sein Herz raste so unnatürlich schnell, dass es jeden Moment vor Erschöpfung kollabieren musste. So hatte er sich seinen Tod nicht vorgestellt. »Fünfundzwanzigjähriger Japan-Deutscher an Herzattacke in Küche verreckt«, ging es ihm durch den Kopf; und das wäre noch der freundlichste Abgesang auf sein desolates Leben: Schule abgebrochen, Lehre verkackt, ADS-Diagnose und obendrauf null Plan, wie die Zukunft aussehen könnte. Scheiß-Leben mit Scheiß-Migrationsgeschichte, Scheiß-Rassismus, Scheiß-in-welche-Welt-gehör-ich-eigentlich, Scheiß-auf-euch. Der einzige Lichtblick war Sina. Und sie war auch sein größtes Problem.

Armin zwang sich, tief ein- und auszuatmen und dachte an die Worte seiner Therapeutin: »Sie können nicht an einer Panik-Attacke sterben. Versuchen Sie es einfach mal. Ich garantiere: Es klappt nicht. Wenn Sie das einmal erfahren haben, macht Ihnen die nächste Attacke schon nicht mehr ganz so viel Angst.«

Was für ein hirnrissiger Rat. Zitternd legte er sich die Hand auf die Brust. Das Herz schlug nicht mal mehr im Takt. Er spürte es deutlich: Das jetzt war das Ende. Er würde jeden Moment das Zeitliche segnen.

Du wirst nicht sterben, hörte er etwas in sich sagen. *Hör auf, dich zu wehren, es gibt keinen Grund für deine Angst.*

Armin erinnerte sich an seinen Rucksack, er lag auf dem Stuhl neben ihm. Er zog das bundeswehrgrüne Ungetüm zu sich runter und kramte die Dose Notfall-Bonbons raus, die Sina ihm geschenkt hatte. Der Geheimtipp bei Angstanfällen und schwerem Lampenfieber, hatte sie versprochen. Ihr Wort in Gottes Ohr. Die Hälfte der Bonbons landete auf dem Boden, die rettenden zwei auf seiner Zunge. Zuerst passierte nichts. Das Gewicht auf seiner Brust, das Herzstechen, die Atemnot – alles weiter auf Vollanschlag. Aber Sina hatte gesagt, es könnte eine kleine Weile dauern. Er versuchte, sich auf seinen Atem zu fokussieren. Aus und ein. Aus und ein. Oder ein und aus? Wann kam nochmal die Pause? Vor oder nach dem Einatmen?

Er musste unbedingt mit Sina reden. Sie sollte wissen, dass er sie liebte und mit ihr zusammen sein wollte. Auch wenn er Angst davor hatte, dass sie ihn abwies und ihre Freundschaft damit ein Ende fand.

Überrascht bemerkte Armin, dass die Panik verflogen war. Auch sein Herzschlag hatte sich normalisiert, er atmete wieder ruhig und gleichmäßig. Unglaublich, dass ein paar Weichgummidrops mit Johannisbeergeschmack so eine grandiose Wirkung hatten. Er setzte sich auf und sammelte die verstreuten Notfall-Bonbons zusammen. Bei der nächsten Attacke würde er die Dinger auf jeden Fall sofort wieder einschmeißen, soviel war klar. Hoffentlich waren die Schübe damit bald Geschichte. Auf die Todesangst, die ihn seit einigen Tagen immer wieder überfiel, konnte er getrost verzichten. Sein Leben war auch so schon vertrackt genug. Die Sache mit Sina stellte alles auf den Kopf.

Sina.

Sein bester Freund aus Kindertagen, der sich im Teenageralter als Mädchen geoutet hatte. In das Armin jetzt schon seit Monaten rettungslos verliebt war. Es hatte ewig gedauert, bis er es sich endlich eingestanden hatte. Doch damit fingen die Probleme erst richtig an. Und als ob es in seinem Leben nicht schon genug Komplikationen gab, schwirrte ihm in den letzten Tagen ständig die Schwarze Freundin dieser Fernsehmoderatorin im Kopf herum, die anscheinend irgendwo in der Nachbarschaft wohnte. Wann immer er sie auf der Straße sah, überschlug sich sein Herz. Verknallte er sich gerade in eine andere, weil er zu feige war, zu seiner Liebe zu Sina zu stehen?

SCHMERZ UND SCHAM

Anton rannte. Seitdem er die KRAFT getötet und den EINEN in den GAP GINNUNGA gestürzt hatte, war er auf der Flucht. Hinter jeder Ecke vermutete er den Berserker, jeden Moment fürchtete er, dass sich die Schwarze Träumerin vor ihm manifestierte und einen ihrer tödlichen Pfeile in sein Herz schoss. Antons Lunge brannte vor Anstrengung, seine Kehle schmerzte vor Trockenheit, doch nichts übertraf die Scham, die er empfand. Er hatte gelogen, das Gebo der Steine verraten und eine Gefährtin getötet. Er hasste sich dafür. Und doch würde er es wieder tun. Er würde alles tun – für Brigid.

Ein entferntes Donnergrollen ließ die Luft erzittern, und Anton lief schneller. Auch Odin war sicher außer sich vor Zorn. Jeder Sturm, jedes Gewitter konnte bedeuten, dass der weiseste aller Asen ihn vor dem Berserker gefunden hatte. Nicht auszudenken, was Odin mit ihm anstellen würde.

Der Wald der Wacholderhexe, der hinter der üppig bewachsenen Ziegenweide in Sichtweite kam, sah abstoßender aus als beim letzten Mal. Mit dem Sturz des EINEN in die Schlucht waren auch die Sonne und der Mond RAGNARÖK vom Himmel verschwunden. Seitdem war es kalt und düster, nur das Licht der Sterne erhellte die WELT. Es war nicht stark genug, um die Farben der Dinge hervorzuheben, fast alles, was das Auge sah, war grau und trist.

Anton fürchtete sich zwar davor, sich wieder im Wacholderhexenwald zu verirren, doch er musste zurück in die Höhle. Vielleicht war seine Frau dort. Vielleicht lag sie noch immer wie schlafend auf dem Boden, belegt mit Balders magischem Bann. Tränen stiegen ihm in die Augen, als er daran dachte, wie verletzlich sie ausgesehen hatte. Egal, was es ihn kostete, er musste diese Höhle finden. Jetzt, nachdem er seinen Teil des Pakts eingelöst hatte, würde es ihm vielleicht gelingen, Brigid aufzuwecken. Oder sie war schon längst wieder zu sich gekommen und irrte nun im Wald herum, auf der Suche nach ihm und ihrem Zuhause.

Dass Balder und der Dämonenfürst nicht auf sein Rufen reagierten, war sicher kein gutes Zeichen. Was bezweckten sie damit? War seine Arbeit vielleicht doch noch nicht getan? Was erwarteten sie denn noch von ihm? Gab es weitere schreckliche Dinge, die er tun musste, um seine Frau auszulösen? Würde das jemals aufhören?

Ein greller Blitz zuckte vom Himmel, und für einen kurzen Moment wurde die WELT taghell. Stand da jemand? Am Waldsaum? Zwischen den knorrigen Wacholderbäumen? Vielleicht der Berserker? Die Schwarze Träumerin? Odin oder der undurchsichtige Loki? Anton schlug einen Haken und warf sich flach auf den Boden. Das Herz hämmerte ihm in den Ohren, und Schweiß verklebte seine Stirn. Was tun? Er wollte nicht wieder töten. Die Gefährten waren nicht seine Feinde. Doch bei einem Angriff würde er sich verteidigen. Sein Leben bedeutete ihm zwar nichts mehr, aber wenn er starb, wäre Brigid auf ewig verloren. Und das würde er um jeden Preis verhindern.

mönchsweihe

Die WELT, wie der Berserker sie kannte, gab es nicht mehr. Die Hoffnung auf die NEUE WELT, für die Surt in den GAP GINNUNGA gestürzt und für die die KRAFT gestorben war, hatte sich nicht erfüllt.

Nach Surts Sturz in die Schlucht hatte Loki den Berserker und die tote Amazone nach NIFLHEIM gebracht, wo die Eisriesen den Leichnam in dem Iglu aufbahrten, in dem sich die KRAFT zu Beginn der Reise als Motte entpuppt hatte. Der Verräter Anton war entkommen und die Regenten, Odins ungleiche Söhne, hatten sich zerstritten. Es ging das Gerücht, Hödur habe sich der Riesenbefreiungsfront angeschlossen und sein Bruder Balder mache gemeinsame Sache mit dem Dämonenfürsten. Angeblich landete jeder Ase, der sich ihnen widersetzte, im Kerker, so wie Freya, Tyr und Heimdall. Nichts hatte sich zum Besseren verändert. Im Gegenteil. Als ob die WELT von einer Schlangengrube ins Maul der Midgardschlange gefallen wäre.

Der Berserker sah in den Sternenhimmel. Auch dort war alles anders, seit die Sonne und der Mond RAGNARÖK verschwunden waren. Die daraus folgende Dunkelheit wurde verstärkt von dem Schattenheer, das aus dem GAP GINNUNGA emporgestiegen war und jetzt weite Teile der WELT verfinsterte. Wie düstere Wolken hingen die Seelenlosen am Himmel, still und unheilverheißend warteten sie darauf, die Befehle des Dämonenfürsten zu erfüllen. Doch das war längst nicht alles:

Mit dem Verschwinden des EINEN hatten die Feuerriesen ihr Gebo verloren. Nicht einmal mehr die Ältesten konnten noch ihr inneres Feuer entfachen. Nur einige wenige Feuerhüterinnen aus den BRENNENDEN FELDERN MUSPELLSHEIMS beherrschten ein Ritual aus der ALTEN WELT, mit dem es ihnen noch gelingen konnte, ihr inneres Feuer hervorzuholen. Dafür benötigten sie Holz vom Stamm YGGDRASILS, einen Zunderpilz aus den Wäldern der Alben, die Magie der heiligen Runen und meditative Geduld. Kaum ein Riese brachte das alles auf – was bedeutete, dass die Magie des Feuers nun fast völlig aus der WELT verschwunden war.

»Nicht mal heute zu deiner Weihe zum Mönch lässt du Freude in deine Augen?« Loki prostete dem Berserker zu. »Kopf hoch! Was geschehen ist, musste sein. Vertrau auf die Prophezeiung.«

Der Berserker brummte. Laich war zu Fröschen geworden, seit Surt in den GAP GINNUNGA gefallen war. Nichts hatte sich seitdem zum Guten gewendet. Die meisten Riesen, Alben, Zwerge und Amazonen hatten mit dem EINEN auch die Hoffnung auf eine NEUE WELT verloren. Der Berserker selbst wollte nicht glauben, dass sein Vetter tot war, auch wenn alles dafürsprach. Surt durfte nicht tot sein. Er musste aus dem GAP zurückkehren. Eine WELT ohne das Licht der Sonne, ohne das Feuer der Riesen, dazu von Dämonen beherrscht, war nicht lebenswert.

Wie so oft, seit sie in seinen Armen gestorben war, dachte der Berserker an Motte. Daran, wie sie sich vor seinen Augen in die Amazone verwandelt hatte. Es würde Surt das Herz brechen, wenn er erfuhr, dass seine wahre Liebe die ganze Reise über in seiner Nähe gewesen war. Oder hatte er Mottes Verwandlung noch beobachtet, bevor er in die Schlucht gestürzt war?

Das Stimmengewirr um den Berserker schwoll an. Er stand auf dem Thingplatz, hinter ihm lag der Versammlungsraum aus blankem Eis, in dem Surt ihn, Anton und Odin zu seinen Gefährten gemacht hatte. Der Raum und auch der Platz davor waren für die Zusammenkunft nach der Zeremonie feierlich geschmückt. Drinnen und draußen wurde Met aus dem Horn heiliger Hirsche getrunken. Die Stimmung war ausgelassen, Pilgernde und Angehörige sprachen und lachten durcheinander. Eine Handvoll Eismönche servierte Esskastanien, Steckrübenmus und geeiste Erdbeeren. Auch unter ihnen glaubten manche, dass der EINE gescheitert war. Gestorben beim Versuch, die Prophezeiung zu erfüllen. Raureif überzog den Körper des Berserkers. Doch so schnell der Schauer kam, so schnell verschwand er auch wieder.

»Auf Surt, deinen tapferen Vetter.« Odin erhob sein Trinkhorn. Der Berserker stieß seines dagegen. Loki knallte sein Horn zuletzt dazu und der Met schwappte über.

»Auf den EINEN!«

Sie tranken schweigend.

»Und jetzt, da du ein Eismönch bist«, Odin wischte sich ein paar Tropfen Met aus dem Bart, »lass uns endlich Surt zurückholen.«

Der Berserker verschluckte sich. Bisher hatten Odin und Loki sein Vorhaben belächelt. »Ihr klettert doch mit mir in den GAP?«

Die dunkelblauen Augen des Gestaltwandlers blitzten vielsagend. »Das ist unmöglich«, sagte er kopfschüttelnd.

Odin leerte sein Horn. »Ach was. Die Runen sagen, dass Surt den GAP längst verlassen hat.«

»Und wo ist er jetzt?« Das Herz des Berserkers klopfte aufgeregt. Loki spitzte den Mund und lächelte vielsagend.

»Die richtige Frage ist: Wie schaffen wir es, dass er weiß, wo wir sind?«

Eine Riesin, deren Sohn zusammen mit dem Berserker die Weihe zum Mönch erhalten hatte, mischte sich ein. Sie war überraschend klein und hager, ihre Stimme ungewöhnlich rau.

»Du bist also der Eismönch, der hilft, das Licht zurückzubringen.« Sie musterte den Berserker neugierig. Loki hob irritiert die Augenbrauen. Der Berserker ließ überrascht sein Trinkhorn sinken.

»Bitte was?«

Die kleine Riesin wandte sich an Loki. »Kennt er die PROPHEZEIUNG DER ALTEN WELT etwa nicht?«

Loki und Odin schwiegen betreten. Der Berserker sah von einem zum anderen.

»Odin, Loki?« In seinem Inneren knackte das Eis vor Anspannung. Seit Surt in den GAP GINNUNGA gestürzt, Motte gestorben und Anton zum Verräter geworden war, standen die beiden ihm zur Seite. Inzwischen war so etwas wie eine Freundschaft entstanden, und trotzdem hatten sie ihm nichts von einer weiteren Prophezeiung erzählt? Dickes Eis umhüllte seine Fäuste. War es ein Fehler gewesen, ihnen zu vertrauen? Spielten sie ein Spiel mit ihm? Er spreizte die Finger beider Hände, und das Eis platzte splitternd ab.

»Du musstest erst ein Mönch werden«, beruhigte ihn Loki endlich. Die kleine Riesin nickte ungeduldig und klopfte dem Berserker auf die Brust.

»Nur mit deiner Hilfe können der EINE und das Licht zurückkehren.«

Allmählich sickerte zum Berserker durch, was allen anderen schon klar zu sein schien: Sein Vetter war tatsächlich nicht tot! Und die Prophezeiung konnte sich noch immer erfüllen!

»Was muss ich tun?«

»Die Prophezeiung ist sehr alt«, wich die kleine Riesin aus.

»Und sie wurde nur mündlich überliefert«, ergänzte Loki.

»In einer Sprache, die wir nicht mehr ganz verstehen«, schloss Odin. Jetzt ahnte der Berserker, was das Problem war.

»Ihr wisst also nicht, was ich tun muss, um Surt zu retten?«

»Wir wissen nur,« gestand Odin, »dass der EINE ohne deine Hilfe verloren ist.«

WIEDER AUF SPUR

Als mir klar wurde, dass Surt aus dem GAP GINNUNGA verschwunden war, war es, als würde ich zum ersten Mal wirklich erwachen.

Und das nicht nur in meinem Traum.

Ich begriff endlich, das alles zusammenhing. Dass ich weder im Traum noch in der Realität alle Fäden in der Hand hielt.

In der WELT hatten YMIR und die NORNEN ihre Finger im Spiel: Wenn Skuld Surts Lebensfaden zerschnitt, konnte mein Gebo ihn nicht retten. Und wenn Verdanda unsere Lebensfäden voneinander trennte, würde ich ihn nie wiedersehen.

Außerdem gab es Situationen, Orte und Wesen, bei denen mein Gebo nicht stark genug war. Ich konnte dann zwar Dinge beeinflussen, aber nicht grundsätzlich ändern. Im GAP zum Beispiel schien es ähnlich schwach zu sein wie gegenüber dem Fenriswolf. Während es am BRUNNEN DES MIMIR so mächtig gewesen war, dass ich Surt vor dem sicheren Feuertod hatte bewahren können.

Nicht ich träumte also meine Träume. Ein anderes Wesen erträumte all die Abenteuer, die ich als die Schwarze Träumerin erlebte und mitgestaltete. Mir fiel nur ein Wesen ein, das diese Macht besaß: YMIR.

Und war es in der Realität nicht ähnlich? War ich nicht wie eine Schlafende, die den Traum der Chef-Etage lebte?

Doch während ich die WELT aktiv mitgestaltete, nutzte ich mein Gebo in der Wirklichkeit nicht.

Das wollte ich ändern. Ich wollte arbeiten. Doch ich wollte meine Kraft nicht weiter ausbeuten lassen. Ich wollte faire Bedingungen. Und ich wollte selbst bestimmen, wie viel Zeit ich investierte.

Diese Erkenntnis kam mir nicht einfach so. Sie dämmerte während der Nächte, in denen ich alles versuchte, um Surt aus dem GAP herauszubekommen. Während ich mein Möglichstes gab, um uns an irgendeinen sicheren Ort der WELT zu träumen. Oder während wir uns mit Werkzeugen, die ich mit meinem Gebo erschaffen hatte, mehr oder weniger erfolgreich die Gesteinsbrocken nach oben katapultierten. Oder wie Freeclimber an ihnen hochkletterten. Doch der Lichtstrahl, der aus der WELT auf uns herabfiel und unter uns in die Dunkelheit stach, wurde unaufhörlich schmaler. Irgendwann war das Licht vollständig verschwunden, und wir fielen immer noch.

Surt schien keine Angst zu haben. Weder davor, was ihn am Grund erwartete, noch davor, dass das Fallen vielleicht niemals aufhörte. Für mich wäre es okay gewesen, von jetzt an in jedem meiner Träume im GAP zu erwachen, mit ihm an meiner Seite. Aber ich hatte meine Freunde, wenn ich wach war. Kamille, Shane, bald das Baby. Gerta, sogar Remy, auch wenn unser Beziehungsstatus wohl auf ewig »es ist kompliziert« lauten würde. Surt dagegen war allein, wenn ich nicht bei ihm war. Deshalb wünschte ich mir, dass sein einsames Fallen ein Ende haben würde. Gleichzeitig hatte ich Angst, dass der Grund des GAPS seinen Tod bedeutete.

In meinen Träumen sprachen wir darüber. Irgendwann hörten wir auf, nach einem Ausweg zu suchen, und ich machte es uns bequem. Wenn ich mich ab jetzt zu ihm träumte, erwartete er mich auf einer gemütlichen Hängematte. Seine wölfisch grünen Augen strahlten vor Freude, wenn er mich sah. Wir sprachen über alles, was uns beschäftigte. Über Remy, die Amazone, über unsere Hoffnungen und Träume. Und natürlich über die Prophezeiung, die uns zusammengeführt hatte. Im letzten Vers war von einem Regenbogen die Rede. Surt war überzeugt, dass das auf Bifröst anspielte, eine Brücke in Asgard, die vom Asen Heimdall bewacht wurde. Surt spekulierte, dass er über diese Brücke zurück in seine WELT kehren musste. Während unserer Gespräche schaukelte die Hängematte zwischen den fallenden Gesteinsbrocken, und um uns herum fielen tausende weitere Steine in die Tiefe. Manche so groß wie Autos oder Getränkekisten, andere so klein wie Tennisbälle oder Kiesel. Einige Steinchen setzte Surt in Brand, so dass sie uns wie Sternbilder an einem schwarzen Nachthimmel begleiteten. Der Fallwind zerrte nur sanft an unseren Haaren, auch war es merkwürdig still. Da war nur ein Rauschen, wie ein entferntes Donnern, das die Härchen auf meinen Armen elektrisierte, zu schwach, als dass ich es hören konnte: Abertausende seelenlose Schatten, die dem Ruf des Dämonenfürsten folgten und sich im ungereiften Zustand aus den Bruthöhlen stürzten, hoch in die WELT, um Finsternis zu verbreiten. Doch da das Urdswasser aufgebraucht war, konnten wir nichts dagegen tun.

Tagsüber, wenn ich nicht bei Surt war, lag ich auf der Couch. Wenn ich die Augen schloss und versuchte, mich mit ihm zu verbinden, spürte ich ein leichtes, warmes Pulsieren: Surts Feuer, das in mir brannte, seitdem wir in der QUELLE DER URD Sex gehabt hatten.

Trotz der Sorgen, die ich mir machte, tankte mein Körper Energie. Ich wachte jeden Morgen ein wenig fitter auf und wurde täglich tatkräftiger.

Dann, eines Nachts, war Surt nicht mehr da. Ich fiel allein in die Tiefe, zusammen mit Tonnen von Gesteinsbrocken.

Anfangs hoffte ich, dass Surt einen Weg zurück in die WELT gefunden hatte. Den ganzen Traum über versuchte ich, mich aus dem GAP heraus zu ihm zu träumen. Aber es funktionierte nicht.

In der nächsten Nacht träumte ich mich zum Berserker. Vielleicht wusste er, wo Surt war. Und ob es ihm gut ging. Doch ich erwischte einen ungünstigen Moment und platzte mitten in seine Mönchsweihe.

»Warum hast du nicht gewartet? Du hättest doch danach mit ihm reden können«, fragte Kamille. Wir saßen in der Küche und tranken heiße Hafermilch mit Kakao und Zimt. Es war viel zu früh, der Wecker würde erst in zwei Stunden klingeln. Auf dem Tisch stand eine flackernde Kerze, seit Kamille schwanger war, hasste sie künstliches Licht.

»Ich wollte ja warten und mit ihm sprechen«, gähnte ich. »Aber du hast mich geweckt, schon vergessen?«

»Sorry.« Sie kraulte sich die Kopfhaut und verknotete die lockigen Haare zu einem Dutt. »Aber Shane ist einfach nicht wachzukriegen ... und das Baby ...« Sie legte eine Hand auf ihren Bauch. »Ich mach mir Sorgen, dass etwas nicht stimmt.«

Kamilles Schwangerschaft verlief tatsächlich atypisch. Ihr Bauch vergrößerte sich übertrieben schnell, und ihr Biorhythmus war außer Rand und Band. Sie war abwechselnd müde und munter, ihre Nägel wuchsen so schnell, dass man ihnen fast beim Wachsen zusehen konnte, und ihr Hunger kannte keine Grenzen. Für heute stand der erste Termin bei der Gynäkologin an, hoffentlich wusste die ein paar Mittel, die Kamille halfen, etwas zur Ruhe zu kommen. Dem Bauch nach zu urteilen war sie schon monatelang schwanger – was natürlich unmöglich war, denn Shane war ja erst vor wenigen Wochen wieder aufgetaucht.

»Mach dir keine Sorgen«, beruhigte ich Kamille. »Shane ist riesig. Ist doch kein Wunder, dass auch das Baby größer als der Durchschnitt ist.«

Kamille musste grinsen.

»Apropos groß,« wechselte sie das Thema, »träumst du dich heute Nacht noch mal zum Berserker?«

»Unbedingt«, antwortete ich entschlossen. »Wir müssen rausfinden, wo Surt steckt und ihn retten. Und wenn das nicht klappt, dann müssen wir die Prophezeiung ohne ihn erfüllen. Die NEUE WELT, für die Surt gelebt hat, wird entstehen.«

Genau das war der Moment, in dem ich beschloss, wieder ins Büro zu gehen. Ich würde nicht nur weiter meine Träume aktiv mitgestalten. Auch meine Realität wollte ich zu meinen Bedingungen verändern.

Keine vier Stunden später saß ich endlich wieder an meinem Schreibtisch im Redaktionsbüro des Senders. Ich war wochenlang weg gewesen, aber natürlich hatte sich nichts verändert. Dieselben Abläufe, derselbe schlechte Radiosender, der den Raum beschallte, derselbe Holger, der mich schon fünf Minuten nach meiner Ankunft nervte. Wenigstens freute sich das Team, dass ich wieder da war und half mir bei der Einarbeitung.

Die Liveshows der kommenden Woche waren durchgeplant, die Abläufe der einzelnen Sendungen hingen an fünf überdimensional großen Pinnwänden an der Wand. Daran steckten Karteikarten, auf denen die einzelnen Module jeder Sendung notiert waren. An jeder Pinnwand hing außerdem ein Bild mit dem jeweiligen Gast, den Kamille interviewen würde. In der Regel wurden die Interviews drei bis vier Stunden vor der Liveshow aufgenommen, damit noch genügend Zeit blieb, die wichtigsten Passagen zusammenzuschneiden.

Am späten Nachmittag, kurz bevor unten im Senderstudio die Live-Sendung on air ging, saß ich allein im Büro. Ich hatte das Radio ausgestellt und genoss die Stille, die den Raum erfüllte. Der Rest des Redaktionsteams sah sich im Studio die Sendung an und die meisten würden von dort direkt in den Feierabend gehen. So hatte ich die Ruhe, mich um den Feinschliff der Sendungen der kommenden Woche zu kümmern. Ich checkte die Abläufe und vervollständigte die Gästedossiers. Danach setzte ich mich an die Aufzeichnungspläne für die Interviews, die Kamille in der nächsten Zeit bevorstanden. Da kam ein ziemliches Pensum auf sie zu. Spannende Gäste, für die sie sich Grundwissen in Geomantie, in germanischer Mythologie und in Quantenphysik aneignen musste. Hoffentlich wurde ihr das nicht zu viel, die Schwangerschaft zehrte schon genug an ihren Nerven.

Mein Handy klingelte. Ein Schnappschuss von Shane erschien auf dem Display. Das Bild zeigte einen Schwarzen Mann mit ebenholzfarbener Haut in einem schmal geschnittenen, braunen Anzug mit braunem Hemd und gleichfarbigem Hut. Er trug eine elegante Brille aus braunem Holz und lächelte selbstbewusst. Ich nahm das Gespräch an.

»Hey Shane! Ausgeschlafen?«

»Geht so«, sagte er am anderen Ende der Leitung. »Zum Glück hab ich heute frei.« Er gähnte. »Wo seid ihr alle? Bringst du Falafel mit?«

»Geht leider nicht«, antwortete ich. »Bin im Sender.«

»Du arbeitest wieder?« Shane klang überrascht. »Freut mich, dass du fit bist! Sag mal, ist Kamille in der Nähe? Ich dachte eigentlich, sie hat heute auch frei.«

»Die ist zur Frauenärztin«, antwortete ich. »Ihr macht doch sonst alles zusammen. Hast du den Termin vergessen?«

Auf der anderen Seite der Leitung schepperte es.

»Shit!« Shanes Stimme klang blechern und wie aus weiter Ferne. Anscheinend hatte er sein Handy fallen lassen. »Wo ist die? Wie heißt die?«

»In Nippes«, antwortete ich. »Dr. Klempin.« Ich sah auf die Menüleiste auf meinem Desktop. Die Uhrzeit sagte mir zweierlei: Unten im Studio hatte die Live-Sendung begonnen, und Kamille war garantiert längst auf dem Heimweg. »Hinterherfahren macht aber keinen Sinn. Den Termin hatte sie vor zwei Stunden.«

»Scheiße!«, fluchte Shane aufgelöst. Von der Ruhe, die er sonst ausstrahlte, keine Spur. »Warum ist sie da ohne mich hin? Jetzt erfährt sie von einer Wildfremden, das mit dem Baby was nicht stimmt.«

Das traf mich wie ein Schock. Angst wühlte sich durch meinen Bauch und umklammerte mein Herz.

»Was stimmt mit dem Baby nicht?« Ehrlich gesagt wollte ich die Antwort gar nicht hören. »Ihre Schwangerschaft verläuft doch normal. Oder?«

Shane sog hörbar die Luft ein. Mit klopfendem Herzen versetzte ich meinen Monitor in den Ruhezustand und starrte auf den Bildschirmschoner, der sich sofort in Bewegung setzte: Eine wirbelnde schwarze Spirale vor einem feuerroten Hintergrund. Ich schickte einen stummen Wunsch ans Universum: Bitte, bitte lass mit dem Baby nichts Schlimmes sein. Shane schien nach Worten zu suchen.

»Erinnerst du dich an deinen Traum von Fenris?«, sagte er endlich. »Daran, dass wir uns da begegnet sind?«

»Ich erinnere mich an alles«, antwortete ich irritiert. »Aber woher weißt du davon? Ich hab Kamille nicht erzählt, dass ich von dir geträumt habe.«

»Das war kein normaler Traum«, begann Shane. »Es war eine Heimsuchung.«

»Ich verstehe kein Wort.«

Die Tür des Redaktionsbüros öffnete sich, und die Praktikantin kam herein. Sie trug Kopfhörer und wippte zur Musik. Als sie mich entdeckte, winkte ich ihr wortlos zu. Sie interpretierte meinen Gruß anscheinend als Aufforderung, leise zu sein. Plötzlich ging sie wie auf Eiern und bewegte sich fast in Zeitlupe. Ich unterdrückte ein Grinsen.

»Ich habe den Ort geschaffen, an dem wir uns begegnet sind. Genauer gesagt habe ich einen Korridor geöffnet«, schraubte sich Shanes Stimme in mein Ohr.

Die Praktikantin war an ihrem Platz angekommen. Sie griff nach einem Ordner in ihrer Ablage und schmiss dabei eine Bürotasse vom Tisch, die scheppernd in mehrere Stücke zerbrach. Ich fokussierte mich wieder auf mein Telefonat und versuchte zu begreifen, was Shane sagte.

»Was soll das heißen? Hast du mich hypnotisiert? Oder irgendeine Psychonummer abgezogen?«

»Ich habe mein Gebo angewendet.« Er schwieg. Ich auch, so lange, bis er fortfuhr. »Ich bin ein Geschöpf aus der WELT. So wie Surt und die Gefährten. Und wie sie habe ich auch ein Gebo. Damit habe ich deinen Traum gestaltet.«

Ich blieb stumm. Mein Verstand war mittlerweile zwar daran gewöhnt, die Realität ständig anzupassen. Aber das hier toppte alles. »Du bist kein Mensch? Was denn dann?«, höhnte ich flüsternd. »Ein Riese? Ein Zwerg? Oder ein Ase?«

»Ich bin ein Dämon.«

Intuitiv wusste ich, dass es stimmen musste. Kleine Mosaiksteinchen aus Erinnerungen puzzelten sich zu einem Bild zusammen: Die gelben Augen, die er in meinem Traum gehabt hatte. Der Schwefelgeruch, der seit seinem Einzug immer mal wieder in der WG lag. Und die Merkwürdigkeit, dass er komplett anders aussah, als Kamille ihn mir vor seiner Rückkehr beschrieben hatte. Das alles machte Sinn – auf eine sehr verquere Mystery-Art-und-Weise.

Mein Verstand war allerdings weit weniger gutgläubig. Denn rein logisch war das alles unmöglich. Dämonen gab es nur in meinen Träumen, sie konnten nicht plötzlich in der Realität auftauchen. Die Praktikantin verließ das Büro wieder, in der einen Hand den Ordner, für den sie hereingekommen war, in der anderen Hand einen Haufen großer Porzellanscherben.

»Mal angenommen, es stimmt«, sagte ich. »Heißt das, du warst gar nicht im Knast?«

»Nein. Ich musste zurück in die WELT. Aber die Sache mit dem Gefängnis klang glaubhafter. Alles andere hättet ihr mir nie abgenommen.«

»Und warum bist du zurückgekommen?«

»Um auf dich aufzupassen. Falls der Dämonenfürst dich ausfindig macht.« Shane stockte. »Und weil ich so die Chance hatte, bei Kamille zu sein.«

Ich dachte daran, wie sehr sein Verschwinden Kamille zugesetzt hatte, als wir uns kennenlernten. Und wie oft sie von ihm gesprochen und ihn mir wie einen Lookalike von Farin Urlaub beschrieben hatte.

»Damals, als du Kamille kennengelernt hast, warst du da Schwarz oder weiß?«

Shane lachte. »Damals war ich ein weißer, älterer Mann. Ich hatte eine andere Form angenommen, weil ich auf eigene Faust hier war und möglichst unerkannt bleiben wollte.«

»Das heißt, jetzt siehst du aus, wie du auch in der WELT aussiehst?«

»Richtig.«

Ich musste grinsen. Also hatte sich Kamille keinen Spaß mit mir erlaubt.

»Und woher weiß ich, dass du nicht einer der seelenlosen Schatten des Dämonenfürsten bist?«

»Bis auf den Dämonenfürsten haben wir geborenen Dämonen ganz normale Augen. Nur wenn wir uns in Schatten verwandeln, werden sie gelb. Im Gegensatz dazu haben die Seelenlosen immer gelbe Augen, auch wenn sie eine feste Form annehmen.«

Wir schwiegen einen kurzen Moment.

»Ich verstehe es immer noch nicht«, setzte ich dann ganz neu an. Wieso sollte der Dämonenfürst hinter mir her sein? Und wie kann das möglich sein? Die WELT existiert nur in meinen Träumen!«

»Für dich tut sie das, Josie. Aber für mich ist sie real. Und du bist diejenige, die unsere Welten miteinander verschränkt. Du kannst dafür sorgen, dass sich die Prophezeiung erfüllt. Deshalb wird der Dämonenfürst versuchen, dich aufzuhalten. Ich bin hier, um dich zu beschützen.«

Mein Gehirn kaute auf etwas anderem herum. »Surt glaubt, dass er über Bifröst zurückkehren muss. Könntest du nicht auch für ihn einen Korridor schaffen, durch den er gehen kann?«

»Leider nicht. Unsere Magie ist sehr alt. Schatten gab es schon lange, bevor Odin überhaupt existierte. Nur Wesen, die aus der ALTEN WELT stammen, können unsere Wege benutzen.«

»Und was ist mit mir? Ich war doch auch im Korridor. Und ich bin ein Mensch.«

»Du bist die Schwarze Träumerin. Auch dein Gebo stammt aus der ALTEN WELT.«

Alles, was Shane erzählte, klang nachvollziehbar. Trotzdem blieb ich skeptisch.

»Ich dachte immer, alle Dämonen sind Apokalyptiker. Wieso bist du auf unserer Seite?«

»Wir Schatten sind so divers wie alle anderen Gemeinschaften. Schon meine Vorfahren haben in der Riesenbefreiungsfront gekämpft, an der Seite von Riesen und Amazonen«, sagte Shane. »Andere Dämonen kämpfen mit den Söldnern. Viele von uns träumen von einer NEUEN WELT, in der wir frei von Vorurteilen leben können.«

In meinem Kopf stapelten sich die Fragen. Ganz oben lag die wichtigste: Mal angenommen, Shane wäre tatsächlich ein Dämon, bekam Kamille dann ein Dämonenbaby?

Am Ziel

Nur vom schwachen Licht der Sterne und einigen Glüh-würmchen begleitet, war Anton eine gefühlte Ewigkeit durch den kalten Wald der Wacholderhexe gelaufen. Ohne Unterbrechung, nicht einmal zum Trinken hatte er Rast gemacht. Irgendwann, als er die Hoffnung schon fast aufgegeben hatte, fand er sein Ziel. Die Nachtkerzen und Mondblumen vor der Höhle blühten ebenso prächtig wie bei seinem letzten Besuch, doch diesmal blieben die Farben blass. Der Geruch von Salbei, Thymian und Lavendel lag in der Luft und beruhigte seinen Pulsschlag. Etwas entfernt rief ein Uhu, ganz in der Nähe raschelte es im Gebüsch. Anton zögerte, dann fasste er sich ein Herz und trat in die Höhle ein.

Unten angekommen entdeckte er Brigid im Schein der Glühwürmchen. Sie hatten sie einfach hier liegen lassen. Außer sich vor Angst fiel Anton auf die Knie und legte ihr das Ohr auf den Brustkorb. Er rüttelte an ihr, streichelte ihre Haut, drückte ihr einen Kuss auf die warmen Lippen. Doch sie regte sich nicht. Erst weinte er, dann schrie er vor Verzweiflung, legte all den Hass auf Balder in seine Stimme.

»Na, na.« Balder tauchte plötzlich neben ihm auf. »Was soll das Geschrei, Zwerg? Deine Frau lebt doch noch.«

Die goldene Aura des Asen erleuchtete alles, was sich in der Nähe befand, auch den Staub, der sich auf Brigid gelegt hatte. Behutsam säuberte Anton ihr Gesicht, ihre Haare, die

Armen und Hände. Balder beobachtete ihn stumm, mit vor der Brust gekreuzten Armen.

»Du hast geschworen, dass ich sie zurückbekomme!« Anton zitterte vor ohnmächtiger Wut. »Ich habe alles getan. Warum brichst du dein Wort?«

Balder sah unbarmherzig auf ihn herab. »Ich habe meine Pläne geändert.« Er schlug nach einem vorwitzigen Glühwürmchen, das um ihn herumtanzte. Anton nahm Brigids Hand und küsste sie. Was Balder auch von ihm verlangen mochte, er würde es tun, um seine Frau zu retten. »Die Dämonen sagen, dass es dem EINEN vorherbestimmt war, in den GAP GINNUNGA zu fallen«, fuhr Balder fort. »Das kann natürlich nicht sein, denn ich habe es ja angeordnet. Sollten sie aber doch recht haben, hieße das ...« Er ließ den Satz unvollendet.

»Falls es stimmt«, beendete Anton den Satz des Asen, ohne den Kopf von Brigid abzuwenden, »könnte Surt zurückkommen und die Prophezeiung doch noch erfüllen.«

Balder klatschte zufrieden Beifall. »Du kannst dir sicher denken, dass ich deine Frau erst dann von meinem Bann entbinden kann, wenn du den EINEN getötet hast.«

Geschockt begriff Anton, was das bedeutete: Surt musste in die WELT zurückkehren. Andernfalls konnte Anton ihn nicht töten und Balder würde Brigid niemals erlösen.

TACHELES

Mein erster Tag zurück im Job lag hinter mir. Am Abend saß ich mit Shane und Kamille im Wohnzimmer und sprach Tacheles. Das heißt eigentlich redete nur Shane, und Kamille weinte die meiste Zeit. Die Gynäkologin hatte ihr gesagt, dass der Fötus in diesem ersten Schwangerschaftsmonat eine abnorme Größe hatte und ihr geraten, darüber nachzudenken, ob sie das Kind wirklich wollte. Shane war außer sich vor Wut.

»Das Baby ist in Ordnung«, tobte er, »es ist nur nicht normal.«

»Nicht normal ist in unserer Welt ein Synonym für ungewollt«, hakte ich ein, bereute es aber sofort. Zynische Gesellschaftskritik brachte uns keinen Millimeter weiter. Kamille, die neben Shane auf dem Sofa saß, schniefte unglücklich.

»Was meinst du damit?«, hauchte sie mit brüchiger Stimme. »Was ist mit dem Baby?«

»Es ist vollkommen gesund«, versuchte Shane sie zu beruhigen. »Es wächst nur schneller als ein Menschenbaby.«

»Deshalb der Bauch?« Ich warf einen Blick auf die Kugel, die sich unter Kamilles Bluse abzeichnete. »Wie sehr wächst der denn noch? Lange kann sie im Sender jedenfalls nicht mehr erzählen, dass sie einfach nur einen Blähbauch hat.«

»Das Baby kommt bald«, sagte Shane zuversichtlich. »Bei uns Dämonen geht alles sehr viel schneller als bei euch.«

»Wie bald denn?«, hakte ich nach. »Ich frag nur wegen Mutterschutz und Kita-Platz. Die ganzen Formalitäten müssen wir noch erledigen, bevor …«

»Brauchen wir alles nicht«, lehnte Shane ab.

»Natürlich brauche ich das!« Kamille richtete sich kerzengerade auf. »Ich bleib ein paar Monate zuhause und wenn das Kind alt genug ist, geh ich zurück zum Sender. Ohne einen Betreuungsplatz kann ich mir das abschminken.«

Ich nickte. So ging Emanzipation. Shane hielt dagegen.

»Erstens darf keiner mitkriegen, dass unser Kind ein Dämon ist«, zählte er auf. »Da sind wir uns doch einig. Oder?« Kamille und ich murmelten Zustimmung. »Zweitens wächst das Baby in den ersten dreizehn Tagen nach der Geburt ebenso schnell wie im Mutterleib.«

»Und das heißt?«, fragte ich. »Dass euer Kind drei Meter groß wird?«

Eine weitere Salve Tränen schoss aus Kamilles Augen. Shane warf mir einen vernichtenden Blick zu.

»Unser Kind wird wie ein ganz normaler Mensch aussehen«, beruhigte er Kamille. »Es wird auch normal groß, es altert nur sehr viel schneller. Aber mit dreizehn Tagen, sobald es in die Pubertät kommt und sein Geschlecht wählt, hört das auf.«

»Stopp«, meldete sich jetzt doch mein Verstand. Ich sah Kamille überfordert an. »Glauben wir das jetzt wirklich? Dass Shane ein Dämon ist und du ein Baby mit was weiß ich für Fähigkeiten kriegst?«

»Shane lügt nicht«, wisperte sie und rieb sich die verheulten Augen. Er streichelte verliebt ihre Wange.

»Vielleicht«, ich warf Shane einen entschuldigenden Blick zu, »hat er ja ein psychisches Problem?« Shane verzog keine Miene. Kamille zog irritiert die Augenbrauen zusammen. »Vielleicht ist er wirklich überzeugt, dass er ein Dämon mit besonderen Fähigkeiten ist«, setzte ich nach. »Das muss aber nicht heißen, dass es auch so ist.«

»Und wieso konnte er dir dann helfen, wieder zu träumen? Und warum wächst das Baby so schnell? Weil er die Wahrheit sagt. Eine andere Erklärung gibt es nicht.«

Punkt für Kamille. Meine wissenschaftlich untermauerte Skepsis geriet ins Wanken und bröckelte in sich zusammen. Intuitiv wusste ich ja, dass die Welt voller Mysterien war – zu denen offensichtlich auch Kamilles Dämonenbaby gehörte.

»Warte doch einfach ab, bis das Baby geboren ist. Spätestens dann weißt du, dass ich die Wahrheit sage«, schlug Shane vor. Er schien genervt zu sein, aber das war ich auch.

»Ich will doch nur sichergehen, dass wir uns nichts vormachen. Ich mag dich. Und sollte sich rausstellen, dass mit deiner Psyche etwas nicht in Ordnung ist, dann finden wir schon einen Weg, damit umzugehen.«

»Josie hat Recht«, entschied Kamille und wischte sich die Tränen aus dem Gesicht. Sie legte die Arme auf ihren Babybauch und sah Shane auffordernd an. »Beweis uns, dass du ein Dämon bist.«

Shane strich sich übers kurze krause Haar und grinste achselzuckend. Dabei blitzten die weißen Zähne in seinem ebenholzfarbenen Gesicht.

»Aber beschwert euch später nicht über den Gestank.«

Noch bevor Kamille und ich etwas sagen konnten, löste er sich vor unseren Augen auf. Er wurde zusehends transparenter, und bald war er nur noch ein durchsichtiger Schatten mit gelben Augen, der zwischen Sessel und Sofa schwebte.

Die Liebe und das Licht

Surt schaffte es einfach nicht, aus diesem taghellen Nichts auszubrechen, das ihn gefangen hielt. So weit er auch lief, nirgendwo schien eine Grenze zu sein. Nichts war zu sehen. Da war keine Natur, kein Gegenstand. Keine Form. Auch hören oder spüren konnte er nichts, außer seinem Herzschlag und dem Gebo, das aufbrausend in ihm flackerte und immer wieder in kleinen Zungen über seine Haut leckte.

Er rannte weiter. Seine Gedanken sprangen wild durcheinander. Er dachte an die traurigen Augen des Zwergs. An Josinas Beine, die sich in der QUELLE DER URD um seine Hüften geschlungen hatten. Das Lächeln der Amazone hinter ihrer Rabenmaske. Den Berserker, der über Motte gebeugt die Worte des Übergangs rezitierte. Und dann war da wieder das Bild, das ihm den Boden unter den Füßen weggerissen hatte: Mottes Körper, der im Sterben zu dem der Amazone geworden war. Warum hatte es so geendet? Warum hatte er die Amazone ein weiteres Mal verloren? Warum hatte der Meister der Steine die Gefährten verraten? Was hatte der Zwerg davon, wenn Surt scheiterte?

Du stellst die falschen Fragen.

Surt stoppte abrupt. Die Stimme schien aus allen Richtungen gleichzeitig zu kommen. Oder hörte er sie in seinem Inneren?

»Wer bist du?« Er horchte angestrengt in die Stille. Doch da war nur das Nichts. »Rede mit mir!«

Keine Antwort. Surt ballte die Fäuste, und sofort verwandelten sie sich in flackernde Fackeln. Was war dieser Ort? Durchquerte er gerade das Totenreich HEL? Warum hatte Motte sterben müssen? Warum hatte er nicht erkannt, dass die KRAFT der Schwarzen Träumerin auch die Amazone war? Wieder rannte er. So schnell und so lange, bis er keuchend zusammenbrach. Er hätte alles getan, um ihren Tod zu verhindern. Lieber wäre er selbst gestorben, anstatt sie ein weiteres Mal zu verlieren.

Darum geht es nicht.

Diesmal bemühte er sich, ruhig zu bleiben. Der Klang der Stimme wirkte seltsam vertraut, er erinnerte ihn an die Wacholderhexe. Wie Lokis blauschwarze Tochter vereinten auch die meisten anderen Wesen aus der ALTEN WELT Gegensätze, die in der WELT nur noch getrennt voneinander existierten. Die Stimme, die zu Surt sprach, vereinte Männliches und Weibliches, aus ihr sprach der Ursprung allen Seins. War es vielleicht der Ur-Riese YMIR, der da zu ihm sprach?

Surt blieb wie angewurzelt stehen. Sein Atem beruhigte sich, und das Feuer an seinen Händen brannte aus. Zusehends verdunkelte sich das helle Nichts um ihn herum, und hier wurde eine Linie, da eine Schattierung sichtbar. Eine ganze Welt formte sich. Er schloss die Augen.

»Warum bin ich hier?«

Die Stimme lachte. *Weil du der EINE bist.*

»Und du? Wer bist du?«

Ich bin viele. Ich bin das, was am Anfang war und das, was immer ist. Ich bin die Liebe und das Licht.

»Dann bist du YMIR?«

Das ist nur einer meiner Namen.

Surt versuchte zu verstehen, was das bedeutete. Wenn es YMIR war, der zu ihm sprach, konnte er die Prophezeiung dann vielleicht doch noch erfüllen?

Nichts ist geschehen, was nicht geschehen sollte.

Hieß das, sein Sturz in den GAP GINNUNGA war vorherbestimmt gewesen? Ebenso wie Antons Verrat und Mottes Tod? Surt öffnete die Augen. Das Nichts war vollständig verschwunden. Rings um ihn herum, so nah, dass er glaubte, selbst dort zu sein, sah er in eine fremde Welt. Doch er befand sich nicht in seinem eigenen Körper. Der Mensch, in dem er steckte, ging über eine verschneite Wiese. An seiner Hand eine stolze Frau mit blonden, schulterlangen Haaren und schön geformtem Mund. Ihre hellen Augen glänzten, und sie roch angenehm nach Quitten.

»Du musst mir schon sagen, was dein Problem ist, Armin«, sagte sie. »Gedankenlesen kann ich nicht.«

Surts Herz klopfte und ihm wurde schwindelig. Er schloss die Augen.

Das, was du da spürst, sind seine Gefühle. Armin hat Angst.

»Wovor?«

Vor dem Leben. Vor der Liebe. Davor, er selbst zu sein.

»Wie kann ich ihm helfen?«

Das kannst du nicht. Im Gegenteil. Immer, wenn du durch seine Augen siehst, verstärkt sich seine Angst, denn etwas in ihm ahnt schon, dass du in ihm steckst. Er muss sich erst an dich gewöhnen.

Surt öffnete die Augen einen kleinen Spalt weit. Die blonde Frau musterte ihn besorgt.

Keine Angst, sie kann dich nicht sehen.

»Armin? Entspann dich«, sagte sie. »Komm, lass uns da drüben auf die Bank setzen. Schön ein- und ausatmen. Du hast nur eine harmlose Angstattacke. Wo hast du die Notfallbonbons?«

Während Armin sich zur Bank führen ließ und mit zitternden Händen in seiner Hosentasche wühlte, schloss Surt wieder die Augen.

Du musst Bifröst finden.

»Wie denn? Ich weiß nichts über diese Welt. Ich habe keine Ahnung, wo die Brücke stehen könnte.«

Armin wird dir helfen. Mit dem Symbol des Auserwählten der Feuerriesen auf seiner Haut bietet er sich dem EINEN zum Gefäß an. Er wird tun, was du verlangst, solange du ihm nicht schadest. Und er wird dir helfen, die Schwarze Träumerin zu finden. Denn sie lebt in dieser Welt.

Surts Gebo flammte auf, und er schöpfte Hoffnung. Josina war irgendwo da draußen! Er konnte es kaum erwarten, ihr zu begegnen. Gemeinsam würde es ihnen gelingen, die Prophezeiung zu erfüllen.

BEGEGNUNG DER BESONDEREN ART

Hey. Wir kennen uns doch. Oder?«

Armin suchte vergeblich nach einer witzigen Antwort. Sie so unvorbereitet zu treffen, überforderte ihn. Sie standen in der Bank, nebeneinander an Geldautomaten und steckten synchron ihre Karten ein.

»Aus dem Sixpack?« Die Augen hinter ihrer Brille waren unfassbar dunkel. »Ich komm noch drauf. Ich heiß übrigens Josina.«

»Armin. Freut mich.« Bisher hatte er sie immer nur aus sicherer Entfernung gesehen. Jetzt, so nah an ihrer Seite, bemerkte er erst, wie hübsch sie war. Die Automaten piepsten viermal exakt gleichzeitig, als sie ihre Geheimzahlen eingaben. Josina lachte, und die dunklen Locken, die ihren Kopf umrahmten, wippten mit.

»War das Zufall?«

»Wohl eher der Beweis, dass wir dieselbe Wellenlänge haben.« Er versuchte ein Lächeln. Hoffentlich bemerkte sie nicht, wie heftig sein Herz schlug und wie klamm seine Hände waren.

»Im Ernst«, grinste sie, »ist das ein Trick oder hat das nur zufällig so perfekt gepasst?«

»Was, wenn ich dir verrate, dass das meine Superkraft ist? Im Gleichtakt mit Fremden Geheimzahlen eintippen?«

»Dann will ich unbedingt ein Selfie mit dir.«

In der untergehenden Sonne schimmerte ihre Haut wie brauner Samt. Sie trug burschikose Klamotten zu schwarzen

Boots. Ihr bebrilltes Gesicht war ungeschminkt und weder an den Fingern noch an den Ohrläppchen trug sie Schmuck.

Lass sie nicht gehen, sagte etwas in ihm.

»Geht's dir nicht gut?« Josina steckte Geld und Portemonnaie weg.

Lass sie auf keinen Fall gehen!

Armins Herz klopfte. Wer sprach da? Er und Josina waren allein, nicht mal ein Bankmitarbeiter war zu sehen. Waren das die Anzeichen einer Psychose? Oder bekam er nur die nächste Panik-Attacke? Josina zog ihn am Ärmel aus dem Gebäude und mit sich die Straße hinunter.

»Du bist ja totenblass. Ich glaub, du kannst einen von Gertas Hexentees gebrauchen.«

Kurz darauf fand er sich im Erker eines urigen Teeladens wieder, in einem bequemen Sessel aus knarzendem, grünem Kunstleder. Er kam regelmäßig an dem ungewöhnlichen Haus vorbei, in dem das Geschäft lag, doch bisher hatte er es nie betreten. Die alte Besitzerin, die mit Josina befreundet zu sein schien, hatte sich ins Hinterzimmer zurückgezogen, eine Mitarbeiterin klapperte im Lager. Er und Josina waren ungestört.

»Bist du aus Köln?«, fragte sie. Ihr so nah zu sein, brachte ihn völlig aus dem Konzept. Verlegen pustete er in seine Tasse. Was tat er nur hier? »Ich bin in Detmold geboren und aufgewachsen«, sagte er. »In Köln lebe ich jetzt schon fast sechs Jahre. Meine Wohnung liegt gleich um die Ecke.«

»Bist du im Job? Oder studierst du?«

»Ich orientier mich noch. Hab eine Weile als Messebauer gejobbt und etwas Geld gespart. Davon krebse ich jetzt so rum.«

Plötzlich sah Josina fast wehmütig aus. »Würd ich auch gern mal. Aussteigen. Gucken, was es sonst so gibt.«

»Was arbeitest du denn?«

»Ich bin Redakteurin beim Fernsehen«, winkte sie ab.

»Klingt doch spannend.«

»Ist ein toller Job. Aber nicht ohne. Da musst du gut auf deine Grenzen achten. Ich habs lange nicht getan und bin mit 'nem Burn-out zusammengebrochen. Ich hatte Schlafstörungen, Angst-Attacken, Schwindelanfälle – das ganze Programm. Bin jetzt seit zwei Tagen zurück im Sender. Hoffentlich krieg ich das mit der Life-Work-Balance so hin, wie ich mir das vorgenommen habe.« Sie drehte den Kopf und sah durchs Erkerfenster. Davor, draußen auf der breiten Treppe, stand ein düster dreinschauender Typ, die Hände in den Hosentaschen vergraben. Seine langen, dunklen Haare flatterten im Wind. Trotz der Kälte trug er nur ein T-Shirt. Es war blau, darauf ein Motiv aus zwei gekreuzten Pfeilen. So, wie er Josina anstarrte, lief da was.

»Dein Freund?«

»Der Kelch ist gerade nochmal an mir vorbeigegangen.« Sie riss ihren Blick los und atmete durch. »Er hat's vergeigt. Aber so richtig.« Die Augen hinter ihren Brillengläsern glänzten verdächtig. Sie hatte definitiv nicht mit ihm abgeschlossen, auch wenn sie sich das vielleicht einredete. »Ich dachte echt, er ist was Besonderes. Aber dann stellte sich raus, dass er eine Freundin hat.«

Armins Gedanken wanderten zu Sina. Sie wartete bestimmt schon auf ihn. Sie hatte Kinokarten für den Abend gekauft. Irgendein holländischer Film über ein Kind namens Femke, das darauf beharrte, dass es ein Junge war.

»Und du?«, fragte Josina, »hast du eine Beziehung?«

»Das ist kompliziert«, antwortete er, und sein Puls beschleunigte sich.

Du darfst sie nicht gehen lassen, flüsterte es in ihm. *Es ist wichtig, dass sie dir vertraut.*

Sein Herz stolperte. Bitte, bitte jetzt keine Panik-Attacke.

DAS BUCH DER WÄCHTER

Als ich Armin in der Bank kennenlernte, kam er mir gleich bekannt vor. Doch erst viel später erinnerte ich mich daran, dass er mir mal im Kino aufgefallen war. Wir waren uns von Anfang an seltsam vertraut. Unser erstes Gespräch im Kräuterhimmel war intensiv, nach einer Stunde hatte ich mein komplettes Seelenleben vor ihm ausgebreitet. Ich erzählte ihm, wie sehr mich mein Job nach nur zwei Tagen schon wieder nervte. Dass mein Herz wegen Remy in Fetzen hing. Ich verriet ihm sogar, dass ich eine Klarträumerin war, nur von Surt und der Prophezeiung erzählte ich erstmal nichts.

Aber auch Armin ließ die Hosen runter. Im Vertrauen erfuhr ich von seiner besten Freundin Sina, die als Mädchen in einem männlich aussehenden Körper geboren worden war. Bis auf Armins Schwester wusste niemand, dass er sich in sie verliebt hatte. Sogar Sina glaubte, dass Armin nur freundschaftliche Gefühle für sie empfand. Er wartete schon seit Wochen auf den richtigen Moment, um ihr endlich seine Liebe zu gestehen, und er hoffte, dass das ihre Freundschaft nicht zerstören würde. Von einigen Leuten aus seinem Freundeskreis, die nicht damit klarkamen, dass sich Sina geoutet hatte, hatte er sich getrennt. Für Armin war Sina die Traumfrau, egal, welches Set von Geschlechtsteilen an ihr hing. Das war ohnehin gerade im Wandel, denn sie unternahm seit einiger Zeit den Hürdenlauf aus medizinischer Beratung und psychologischen Diagnosen, um eventuell Operationen vornehmen zu lassen. Irgendwann würde sie auch zwischen den Beinen wie eine »typische« Frau aussehen – was auch immer das eigentlich bedeuten sollte. Armin jedenfalls wollte Sina unbedingt vor ihrer endgültigen Entscheidung seine Liebe gestehen und ihr damit vermitteln, dass er mit ihr zusammen sein wollte, egal, ob sie sich für oder gegen eine OP entschied. Ich drückte ihm die Daumen, dass alles so lief, wie er es sich erhoffte.

Als wir uns vor dem Kräuterladen verabschiedeten, lud ich ihn spontan für den nächsten Abend in die WG ein. Ich tippte meine Nummer in sein Handy und drückte ihm zum Abschied einen Kuss auf die Wange. Okay, ich gebe zu: für einen winzigen Moment stellte ich mir dabei vor, mit ihm zusammenzukommen. Doch ich konnte a) nicht noch einen dritten Mann gebrauchen, der Chaos in mein Leben brachte. Und das alles entscheidende b): Armin hatte eine Freundin, die er über alles liebte, da wollte ich mich nicht dazwischendrängen.

Nachdenklich sah ich ihm nach, während er die Treppenstufen vor dem Kräuterhimmel herablief und im Menschengewirr der Einkaufsstraße verschwand. Die Kirchturmuhr schlug sechs, Zeit nach Hause zu gehen.

»Ist das dein Neuer?« Remys Stimme klang schroff. Fast vorwurfsvoll. Er stand in der Tür des Antiquariats, die Kapuze seines Hoodies schon wieder tief ins Gesicht gezogen. Keine Spur von den langen offenen Haaren, die vorhin auf der Treppe im Wind geflattert hatten.

»Was interessiert es dich?«, fragte ich, leider mit einem viel zu schnippischen Unterton. Ich unterdrückte den Impuls, auf ihn zuzugehen und ihm seine lächerliche Kapuze vom Kopf zu reißen. Es hatte eh keinen Sinn: Wenn er keine Nähe zwischen uns wollte, wenn er nicht wollte, dass ich seine Gefühle las, dann musste ich das akzeptieren. Ich konnte ihn ja nicht dazu zwingen, sich mir zu öffnen.

»Musst du direkt nach Hause?«

Das überraschte mich jetzt doch. Ich warf einen Blick in seinen Laden. Da war schon alles dunkel, nur die Lampe auf dem Tresen brannte noch. Auch das Rollo war schon unten, Remy schien auf dem Sprung nach Hause zu sein. Viola war nirgends zu sehen.

»Vielleicht«, er zögerte und setzte dann neu an: »Vielleicht können wir … reden?«

Ich hatte keine Lust, an das schöne Gespräch mit Armin eine Horror-Zugabe mit Remy anzuschließen. Trotzdem saßen wir eine Viertelstunde später ein zweites Mal auf der Couch im hinteren Teil des Antiquariats, diesmal so weit wie möglich voneinander entfernt. Kerzen gab es auch nicht, stattdessen blendete uns das Licht der Stehlampe. Die Handys hatten wir in den Flugmodus geschickt und anstelle von edlen Kristallgläsern drehten wir verkalkte Tassen mit Teebeutel-Tee in unseren Händen.

»Ich wollte dich nicht fallenlassen«, versuchte sich Remy an einer Erklärung, »aber ich habe eine Verantwortung für Viola. Wir sind schon so lange zusammen, ich muss ihr die Chance geben, die Beziehung zu retten.«

»Schon gut«, antwortete ich mechanisch, diese Platte hatte ich inzwischen schon zu oft gehört. »Ich bin eh nicht mehr sicher, ob wir überhaupt zusammenpassen. Ich glaub, es ist das Beste, wenn wir einfach streichen, was zwischen uns war.«

Nur fürs Protokoll: Ich meinte natürlich nichts von dem, was ich sagte. Ein Teil von mir hatte nie aufgehört, ihn zu lieben. Aber ich wollte erwachsen und unverletzt klingen. Anscheinend funktionierte es.

»Also ist der Typ doch dein Freund«, schlussfolgerte Remy, und seine Stimme klang dabei ziemlich angefressen.

In die verrottenden Schmetterlinge in meiner Magengrube kehrte das Leben zurück. Das hatte mir gerade noch gefehlt: Zombie-Schmetterlinge! Ich schüttelte mich.

»Das geht dich nichts an.«

Remy schwieg. Er stellte seine Tasse auf den Boden und zog den Hoodie aus. Darunter trug er ein blaues T-Shirt, in dem ich einige Mottenlöcher entdeckte. Er sah aus wie der Bassist einer mittelmäßigen Grunge-Rockband: Die glatten Haare fielen ihm strähnig ins Gesicht, und unter seinen Augen lagen dunkle Schatten. Im grellen Licht der Stehlampe wirkte er seltsam schutzlos. Er sah müde und verknittert aus, und seine Hautfarbe changierte irgendwo zwischen mausgrau und lebergelb. Nicht unbedingt die beste Lichtstimmung für einen weißen Menschen.

»Hast du mich schon abgeschrieben?« Seine Stimme kratzte an meinem Herzen. Da schwang so viel Unausgesprochenes zwischen den Zeilen, dass ich es kaum aushielt. Die Zombie-Schmetterlinge flogen erste Kamikaze-Formationen.

»So wie *du mich* abgeschrieben hast?«, fragte ich heiser, besann mich dann aber. »Sorry, lass uns nicht streiten. Ich respektiere, dass du dich für Viola entschieden hast. Aber dann bitte akzeptier du auch, dass mein Leben ohne dich weitergeht.«

Remy zuckte getroffen zusammen und fuhr sich mit den Händen durchs Haar.

»Du hast Recht. Es ist nur … Eigentlich will ich mit dir …« Er brach ab und rieb seine Stirn. »Ich bin es Viola schuldig, aber …«

»Stopp!«, unterbrach ich ihn, deutlich lauter als geplant. Die Zombie-Schmetterlinge erstarrten in der Luft und klatschten unelegant auf den Boden meiner Magengrube. Remy schloss die Augen, er ahnte, was ich sagen würde. »Ich will das gar nicht wissen, Remy«, bestätigte ich ihn. »Lass uns einfach nur Freunde sein. Freunde, die nicht miteinander über ihr Liebesleben sprechen. Kriegen wir das hin?«

Ich streckte ihm meine Hand entgegen. Peinlich, ich weiß, aber in dem Moment fiel mir nichts Besseres ein. Sein Gesichtsausdruck sprach Bände. Nur leider in einer Sprache, die ich nicht hundertprozentig verstand. Nach einer gefühlten Ewigkeit schlug er ein.

»Freunde.«

Ich war gleichzeitig erleichtert und enttäuscht. Er hob seine Tasse vom Boden, und wir prosteten einander zu.

»Hab ich dir schon von meinem neuesten Schatz erzählt?«, unternahm er einen Themenwechsel, auf den ich dankend einging. Trotzdem konnte ich ihm deutlich ansehen, dass auch von seiner Seite zwischen uns mehr war als Freundschaft. Warum trennte er sich dann nicht von Viola? Sein Verhalten ergab einfach keinen Sinn.

Remy sprang vom Sofa hoch, lief zum Verkaufstresen und kam kurz darauf mit einem dicken Wälzer zurück.

»Das Buch ist über fünfhundert Jahre alt und fantastisch erhalten. Viola hat mir den Kontakt zum Verkäufer hergestellt. Irgendein reicher Rumäne, den sie in Toronto kennengelernt hat.«

Ich ignorierte die Viola-Anekdote und nahm ihm das Buch ab. Der dunkelbraune Ledereinband sah fast aus wie neu, und nur die vergilbten Seiten verrieten, dass es sich um eine uralte Antiquität handelte. Ich schlug das Buch auf und bewunderte das perfekte, handgeschriebene Schriftbild. Der Text war leider unlesbar, die Buchstaben hatte ich noch nie gesehen. Neugierig überblätterte ich das dicke Papier und wog das Buch in meinen Händen.

»Ganz schön schwer. Haben die Gold in den Einband genäht?«

Remy lächelte. Seine Augen, die eben mein Ego gestreichelt hatten, sahen jetzt nur noch das Buch.

»Das wär's. Dann könnte ich das Loch stopfen, das der Schinken in mein Konto gerissen hat.« Er strich über das Symbol, das auf der Vorderseite ins dunkle Leder eingebrannt war. Außer diesem mir unbekannten Zeichen war der Einband unbeschrieben. Keine Buchstaben, keine Zahlen, nichts. Nur dieses merkwürdige Zeichen auf dem Buchdeckel. Es sah aus wie der Grundriss eines viereckigen Irrgartens. Wenn man dem Weg ins geometrisch perfekte Labyrinth folgte, kam man direkt auf eine Gabelung mit drei Richtungen zu. Der Weg geradeaus führte in eine Sackgasse, aber auch die Wege rechts und links führten über kurz oder lang vor eine Wand. Dreimal dasselbe Ende, jede Strecke verschieden lang. Ich ahnte, dass dahinter ein versteckter Sinn lag. Allerdings war ich zu müde, mir darüber Gedanken zu machen. Außerdem rückte Remy grade näher an mich ran. Er blätterte eine Doppelseite auf, über die ein bunt schillernder Regenbogen gemalt war. Wer auch immer das gezeichnet hatte, war ein großer Künstler gewesen.

»Wow.« Ich war ehrlich beeindruckt.

»Grandios, oder?«

Unterhalb der Zeichnung, am rechten Rand der Seite, standen einige Zeilen Text, auf die ich mich allerdings beim besten Willen nicht konzentrieren konnte. Spürte Remy eigentlich, dass er mich mit seiner Schulter berührte? Sollte ich mich demonstrativ nach vorn lehnen oder weiter so tun, als ob ich nichts bemerkte?

» … das BUCH DER WÄCHTER genannt.«

Ich versuchte, mich auf seine Worte zu konzentrieren. Remy lachte leise. »Langweilig?«

»Nein, gar nicht.« Ich riss mich zusammen und starrte auf die Doppelseite mit der Zeichnung. »Was weißt du über dieses Buch?«

Unter dem linken Ende des Regenbogens fiel mir ein goldener Topf auf. Daraus kamen goldene Strahlen.

»Besonders viel gibt's da nicht zu wissen. Ein Mönch soll es geschrieben haben, schon im frühen Mittelalter. Es wurde erst 1973 gefunden, in einem Kloster im Bergischen Land.«

Meine Bewunderung für das Buch wuchs. »Hat der Mönch den Text von einer alten Quelle abgeschrieben? Oder hat er sich die Zeichen selbst ausgedacht?«

Remy nickte begeistert. »Ich mag, wie du denkst.« Er war jetzt voll in seinem Element. »Genau darüber streiten sich die Experten. Die Sprache, in der das Buch geschrieben wurde, ist unbekannt. Die Buchstaben finden sich weltweit nur in einer Handvoll Schriftwerke. Ob die aber alle in derselben Sprache geschrieben sind, muss erst noch untersucht werden. Aber man geht davon aus, dass alle Texte mit dem Wächterkult in Verbindung stehen.«

Ich sah mir die Schrift unter dem Regenbogen genauer an. Manche Zeichen sahen aus wie Runen, einige erinnerten mich an keltische Motive, wieder andere an die Schrift der Phönizier.

»Ich hab zwei Sammler an der Hand, die mir dafür ein Vielfaches vom EK zahlen würden. Damit hätte ich für den Rest des Jahres ausgesorgt.«

»Keiner weiß, was drinnen steht, und trotzdem wollen die ein Vermögen ausgeben?«, rätselte ich. Remy zuckte lässig mit den Schultern.

»In Eso-Kreisen werden Wächter-Bücher sehr hoch gehandelt.«

»Was machen diese Wächter überhaupt?«

»Das ist ein Geheimkult. Die Wächter sind Auserwählte, die angeblich das Schicksal der Welt verändern können.«

»Und warum Wächter? Was bewachen die?«

»Die Angeln der Welt. Die Wächter sorgen dafür, dass das Gleichgewicht erhalten bleibt. Dadurch verhindern sie die Apokalypse.«

Ich dachte an Surt und die Gefährten. »Bitte nicht schon wieder Ragnarök«, stöhnte ich. Remy zwinkerte mir zu.

»Geht es nicht irgendwie immer um den Weltuntergang?«

Ein Erinnerungsfetzen an unsere gemeinsame Nacht rotierte durch mein Hirn, und die Zombie-Schmetterlinge in meinen Eingeweiden zuckten verzweifelt mit den lädierten Flügeln. Ich fokussierte mich auf Remys Worte und versuchte, mir nicht anmerken zu lassen, wie sehr ich trotz allem in ihn verliebt war.

»… Gnostiker«, sagte er gerade. »Aber ganz genau werden wir das wohl nie wissen.« Er knickte die Stehlampe so weit nach unten, dass das Licht komplett auf das Buch fiel. Der Regenbogen auf dem vergilbten Papier funkelte, als wären die Farben mit Diamantenstaub vermischt. Superschön. Aber auch superunheimlich.

»Glaubst du, dass das Zaubersprüche sind?«, fragte ich. Vor einigen Wochen hätte ich so etwas als totalen Nonsens abgetan. Aber inzwischen wusste ich aus eigener Erfahrung, dass es zwischen Himmel und Erde stapelweise unglaublicher Dinge gab.

»Eher Schamanenformeln«, entgegnete Remy. »Ich wette, sie entstanden weit vor dem Mittelalter. Damals haben die Menschen noch das Wesen der Natur verehrt: die Schönheit, die Harmonie, den Kreislauf des Lebens. Deshalb auch das Zeichen auf dem Buchumschlag. Das ist uralt. Vielleicht stammt es von den Leuten, die lange vor den Kelten und Germanen in dieser Gegend gelebt haben.«

Keine Ahnung warum, aber ich musste plötzlich an YMIR denken. Ich sah mir den Text genauer an. Für einen Augenblick hatte ich den Eindruck, als ob die einzelnen Schriftzeichen chaotisch durcheinander stoben, um hektisch an ihren Bestimmungsort zu flitzen. Aber das konnte natürlich nicht sein.

»Ich wüsste zu gern, was da steht.« Ich strich vorsichtig mit dem Finger über die Buchstaben.

»Nichts leichter als das«, witzelte Remy. Er senkte die Stimme und legte theatralisch seinen Zeigefinger unter den ersten Satz. Ich kicherte albern. Doch schon mit dem ersten Wort, das er vorlas, verging mir das Lachen. Die Laute, die seine Lippen formten, klangen fremd und bedrohlich. Er schien es auch zu bemerken, denn er brach ab und sah mich irritiert an.

»Klingt das auch für dich komisch?«

»Hör auf damit!«, bat ich ihn. Er grinste unsicher.

»Ich wusste gar nicht, dass ich ein Talent für diese Wächtersprache habe.« Er las stockend weiter vor, Wort für Wort und zunehmend so, als ob er nicht anders konnte. Ich rückte von ihm ab.

»Remy, lass es! Das ist nicht witzig«, versuchte ich, ihn zu unterbrechen. Doch er ließ sich nicht abhalten und las immer weiter. Je näher er zum Ende kam, desto dunkler schien das Licht der Stehlampe zu leuchten. Und desto intensiver strahlten seine Augen. Dann, als er die letzten Worte sprach, passierte es: Die Dunkelheit, die in den Ecken des Antiquariats hauste, sprang auf ihn zu und umrahmte ihn mit einer finsteren, knisternden Aura. Kurz darauf, mit einem Schlag, wichen die Schatten wieder von ihm zurück, und alles normalisierte sich.

»Was zum Teufel? Warum hast du weitergelesen? Das war keine gute Idee!«

»Das war wie ein Zwang!« Er klappte das Buch zusammen und warf es geschockt auf den Boden: »Ich glaube, ich hab mich grad zum Wächter gemacht.«

BONNIE UND CLYDE

Surt verschollen im GAP, Shane ein geouteter Dämon, Remy ein Wächter, Kamille schwanger mit einem Dämonenbaby: Wissenschaftlich gesehen war das alles unmöglich. Dass ich es glaubte, beunruhigte mich trotzdem nur minimal. Da war so ein inneres Wissen irgendwo jenseits meines Verstandes. Ein Gefühl, das mir sagte: Du bist völlig in Ordnung! Das alles ergibt durchaus Sinn.

Klar, zwischendurch zweifelte ich immer mal wieder, ob ich nicht doch Dinge sah, die es gar nicht gab. Aber dann dachte ich an Kamille und Remy. Zumindest die zwei bildete ich mir nicht ein, ich kannte sie noch aus der Zeit, *bevor* die Welt aus den Fugen geraten war. Beide hielten mich für völlig normal. Sie glaubten mir und, viel wichtiger, sie waren selbst Teil des Geschehens.

»Schade, dass wir über das Thema Magie keinen Sendungsbeitrag machen können«, dachte Kamille laut. Sie, Shane und ich saßen beim Italiener. Ausnahmsweise hatten wir unsere Pizzen nicht to go bestellt, sondern uns in den hinteren Teil des Restaurants verkrümelt. Die Tische um uns herum waren unbesetzt, niemand konnte uns also belauschen. »Dabei wär es so wichtig, dass die Leute begreifen, dass das Leben sehr viel magischer ist, als wir es in der Schule gelernt haben«, fuhr Kamille fort. »Aber leider kann die Wissenschaft Magie nicht nachweisen.« Sie redete sich richtig in Rage, auf ihren Wangen bildeten sich zwei dunkelrote Flecken, mit denen sie unfassbar süß aussah. Shane schien dasselbe zu denken, er nahm ihre Hand und küsste sie verliebt, doch Kamille war noch nicht am Ende. »Ich hoffe trotzdem, dass irgendwann der Beweis erbracht wird, dass Magie existiert.«

»Da sind wir doch schon längst«, warf ich ein. »Guck dir zum Beispiel die Quantenphysik an.« Ein Artikel, den ich auf einem Star-Trek-Blog überlesen hatte, kam mir in den Sinn. Das meiste hatte ich erst gar nicht kapiert und den Rest ziemlich schnell wieder vergessen. Aber eine Information hatte sich mir ins Gedächtnis eingebrannt. »Der Forschende beeinflusst das Ergebnis«, fuhr ich fort. »Das heißt doch: Jemand, der überzeugt ist, dass es Magie nicht gibt, wird wohl kaum das Gegenteil rausfinden.«

»Wieso nicht?« Shane stand auf und schnappte sich den Salzstreuer vom Nachbartisch. Anscheinend hatten Dämonen einen ziemlichen Salzbedarf, es gab nichts, was er nicht nachsalzte. »Wenn ergebnisoffen geforscht wird, können doch auch Dinge beobachtet werden, die eigentlich unmöglich sind.«

»Eben nicht«, warf Kamille ein. »Kennt ihr das Gorilla-Experiment? Dazu gibt's im Netz jede Menge Videos. Die haben Leute gebeten, sich einen Film anzusehen, in dem zwei Teams mit einem Basketball spielen. Dabei sollten sie mitzählen, wie oft sich ein Team den Ball zuwirft.«

»Reden wir noch über Forscher, die das Offensichtliche nicht sehen?«, unterbrach ich sie. Dabei fiel mein Blick auf Benito, der gerade dabei war, einige Pizzen aus dem Ofen zu holen.

Kamille nickte. »Das Experiment hat etwas Interessantes bewiesen. Alle Probanden haben die Ballkontakte beobachtet und die meisten haben die korrekte Zahl genannt.«

Ich war mir nicht sicher, was das mit Wissenschaft und Magie zu tun hatte. »Lass uns nicht unwissend sterben und komm zum Punkt«, drängte ich. Kamille übertrieb es mal wieder mit ihrem Hang zur Dramatik.

»Der Clou ist: Keiner hat den Gorilla beobachtet, der die ganze Zeit zwischen den Leuten hin- und hergerannt ist.« Sie sah uns mit blitzenden Augen an.

»Ein Gorilla? Was für ein Gorilla?« Ich sah verwirrt zu Shane. Der schüttelte ratlos den Kopf. Kamille grinste zufrieden.

»Kein echter. Nur ein Typ, der sich als Gorilla verkleidet hat. Aber es geht nicht um das Kostüm. Sondern darum, dass keine einzige Versuchsperson beobachtet hat, dass da ein verkleideter Mensch rumgesprungen ist. Alle haben nur beobachtet, was sie beobachten wollten: ein ganz normales Ballspiel. Das Unnormale an der Sache haben sie einfach ausgeblendet.«

»Davon hab ich nie was gehört«, staunte ich. Dann verstummten wir, denn Benito brachte unser Essen. Wir wechselten ein paar Worte mit ihm und stürzten uns dann auf die Pizzen. Nachdem der erste Hunger gedämpft war, nahm Shane den Faden wieder auf.

»Ihr würdet eure Jobs verlieren, wenn ihr im Sender jemandem von Dämonen, Surt oder dem Baby erzählt. Niemand würde euch noch irgendwas glauben. Und was Remy angeht …« Er räusperte sich. Ein untrügliches Zeichen dafür, dass gleich etwas kam, das meine Welt weiter verkomplizierte.

»Rück schon raus«, stöhnte ich. Kamille beugte sich neugierig vor. Shane scannte das Restaurant und legte sein angebissenes Stück Pizza beiseite. Er hatte es so stark nachgesalzen, dass die Salzkörner darauf deutlich zu sehen waren.

»Wächter und Dämonen sind nicht die allerbesten Freunde.«

»Ja und? Wo ist das Problem?«, fragte ich. »Von mir aus müsst ihr keine Best Buddies werden.«

»Remy sollte unser Kind besser nicht zu Gesicht kriegen«, warnte Shane mich. Kamille lehnte sich beunruhigt zurück und präsentierte uns ihren prallen Babybauch. Es sah aus, als hätte sie einen Basketball verschluckt, dabei war sie gerade mal zwei Wochen schwanger.

»Warum nicht?«

»Er wird es aus der Welt schaffen wollen.«

»Wie? Er will es ermorden?« Erschrocken bemerkte ich, wie laut ich geworden war. Glücklicherweise hatten Benito, seine Angestellte und die drei To-go-Gäste vorm Tresen nichts mitbekommen.

»Quatsch, das will er natürlich nicht«, beruhigte Shane uns. »Wächter töten nicht. Sie spüren Dämonen auf und befördern sie dahin zurück, wo sie hergekommen sind.« Ich entspannte mich etwas. Die To-go-Gäste verließen den Laden mit einem Stapel Pizzakartons. »Für mich wär das halb so wild«, fuhr Shane fort. »Ich kann mich da drüben verteidigen und über kurz oder lang zu euch zurückkommen. Aber unser Baby könnte das nicht. Zumindest so lange nicht, bis es dreizehn Dämonenjahre alt ist.«

Ich erinnerte mich an die Schatten aus der Schlucht, die ich in meinen Träumen gesehen hatte.

»Warum wächst euer Baby nicht in einer Bruthöhle?«

»Weil es eine Seele hat. In den Bruthöhlen reifen nur die Schatten des Dämonenfürsten. Das sind unbefruchtete, willenlose Kreaturen, die seine Befehle ausführen. Dämonen wie ich und das Baby werden gezeugt und geboren. Wir haben einen eigenen Willen und können uns fortpflanzen.«

Kamille grübelte über etwas anderes nach. Ihre dunkelbraunen Augen funkelten vor Wut.

»Was soll das eigentlich heißen: Das Baby dahin zurückschicken, wo es herkommt? Mein Kind gehört in diese Welt, genauso wie ich«, sagte sie. »Und der Vater meines Kindes hat ja wohl ein Recht darauf, bei uns zu sein. Egal, woher er kommt.« Sie drehte sich zu mir und ihre Haare peitschten dabei durch die Luft. »Wenn dein Remy das anders sieht, dann kriegt er es mit mir zu tun.« Shane legte beruhigend seine Hand auf ihren Unterarm.

»Ich beschütze unser Baby vor dem Wächter. Um jeden Preis. Darauf kannst du dich verlassen.«

»Könnt ihr eure Knarren bitte erstmal wieder wegstecken, Bonnie und Clyde?« Es nervte mich, dass sie sich so auf Remy einschossen. »Selbst wenn er jetzt Dämonen jagen muss: Er ist nur aus Versehen ein Wächter geworden. Er bleibt weiter unser Freund.«

»Wenn er eine Gefahr für mein Kind oder meinen Mann ist, dann kann er nicht mein Freund sein«, beharrte Kamille entschlossen.

»Lass mich doch erst mal mit ihm reden. Ich wette, dann …«

»Lieber nicht«, schnitt mir Shane das Wort ab. »Und solange Surt und die WELT nicht gerettet sind, solltest auch du einen Bogen um Remy machen. Vielleicht ist es Zufall, dass er jetzt ein Wächter ist. Vielleicht hat es aber auch einen ganz bestimmten Grund.«

»Und der wäre?« Kamille schob ihren Teller mit der halb aufgegessenen Pizza zur Seite. Ich hatte meine schon fast vernichtet und war immer noch nicht satt. Sie bemerkte meinen hungrigen Blick und legte ihren Pizzarest kommentarlos auf meinen Teller. Shane bekam davon nichts mit.

»Vielleicht stecken Balder und der Dämonenfürst hinter Remys Verwandlung«, spekulierte er.

»Was hätten sie davon?«, fragte ich skeptisch.

»Vielleicht soll Remy verhindern, dass Surt die Prophezeiung erfüllt.«

»Wie soll das denn gehen? Mal abgesehen davon, dass Surt irgendwo in meinen Träumen verschollen ist?«

»Vielleicht soll Remy ja einfach nur dafür sorgen, dass du Surt im Stich lässt«, überlegte Kamille. Kein so dummer Gedanke, musste ich zugeben. Wann immer ich mit Remy zusammen war, dachte ich tatsächlich kaum an die Gefährten. Allerdings musste Remy dafür kein Wächter sein.

Die Tür zur Pizzeria öffnete sich und eine Handvoll neuer Kundschaft kam laut schwatzend herein. Alle trugen stylishe Klamotten, bunte Kopftücher und schulterten Instrumentenkoffer. Ich tippte auf Saxophone, Posaunen oder Trompeten und stellte mir vor, dass da eine coole Brassband vor Benitos Tresen stand.

»Wie funktioniert das genau?«, wollte Kamille von Shane wissen. »Das mit dem Zurückschicken?«

»Mit der Magie der Steine.« Shane sah sich um. »Weißt du noch, wie wir gestritten haben, weil ich nicht wollte, dass du den Türkis trägst?«

»Na klar«, grinste Kamille. »War ja schließlich unser erster richtiger Streit.«

Nicht nur sie erinnerte sich. Aber ich wollte nicht, dass die beiden wussten, dass ich sie belauscht hatte, deshalb schwieg ich.

»Steine wie der Türkis bringen unsere Materie in Schwingung«, erklärte Shane. »Ab einer bestimmten Größe ist die Energie eines Steins so groß, dass das, was unsere Körper in dieser Welt zusammenhält, unter Druck gerät. Kommt dazu dann noch das Gebo eines Wächters, sprengt es die Materie auseinander, und wir lösen uns auf.«

Kamille sah ihn entgeistert an.

»Das klingt nach Schmerzen«, schlussfolgerte ich.

»Die ich unserem Baby gern ersparen möchte«, sagte Shane ernst.

»Und weiter?«, drängte ich. »Was passiert, wenn du dich aufgelöst hast?«

»Ich finde mich irgendwo in meiner WELT wieder. Wenn ich Pech habe, an einem wenig dämonenfreundlichen Ort. Und wann genau ich zurück in diese Welt kommen kann, ist ungewiss.«

Kamille sah mich kämpferisch an. »Ich schwöre dir, Josina: ich werde alles tun, damit dein Remy sein Wächter-Ding nicht an meinem Baby abzieht.«

EIS UND FEUER

Die Weihe lag längst hinter ihm, und solange Odin und
Loki noch überlegten, was zu tun war, um den EINEN
zu retten, kam der Berserker seinen Pflichten als Eismönch
nach. Die wenigen Pilgernden, die vor dem AUGE DES
YMIR meditierten, versorgte er mit Speisen und Getränken,
und so manche von denen, die keine Eisriesen waren, rettete
er vor dem Erfrierungstod.

Ein jäher Schneeschauer stob durch die schwarzen Mega-
lithen, die den Kraftort umgaben und wie mannshohe Na-
deln in den Himmel ragten. Darüber, wie ein düsterer Wol-
kenschleier, der die Sicht auf die Sterne erschwerte, schwebten die Schatten. Die Finsternis, die das Heer der seelenlosen Schatten in die WELT gebracht hatte, drückte auf sein
Gemüt. Denn nicht nur das Licht fehlte. Mit dem Verschwinden von Sonne und Mond RAGNARÖK hatten viele
auch das Vertrauen auf YMIRS Rückkehr verloren. Selbst
unter den Pilgernden gab es manche, die keine Hoffnung
mehr hatten.

Eine Pilgerin, eine rothaarige Feuerriesin, die dem Berserker schon bei ihrer Ankunft aufgefallen war, winkte ihn
zu sich. Sie saß etwas abseits auf einem Schaffell im Lotossitz. Im Gegensatz zu den meisten anderen Mönchen, die
hier ihren Dienst taten, hatte der Berserker kein Schweige-
gelübde abgelegt, seine Aufgabe war es deshalb, den Pilgernden alle Fragen zu beantworten. Auf seinem Weg zur

Feuerriesin achtete er darauf, die anderen Meditierenden nicht zu stören. Die Frau erhob sich und nickte zum Gruß. Sie war groß und kräftig, mit gefleckten Bernsteinaugen. Als sie ihre Kapuze zurückschlug, entdeckte er die Rune der Feuerriesen über ihrem inneren Auge, umgeben von einem Kreis. Sofort spürte er, wie das Eis in ihm erkaltete. Die Pilgerin musste einem der Clans angehören, zu denen auch Surt gehörte, wie sein Vetter war auch sie eine Erbin der SCHWARZEN AUS MUSPELLSHEIM. Es fiel ihm schwer, die Feuerriesin nicht auf den EINEN anzusprechen, aber als Mönch hatte der Berserker sich dazu verpflichtet, die Pilgernden aus aller WELT nicht mit persönlichen Fragen zu belästigen.

»Womit kann ich dir helfen?«

Sie war beeindruckend: Rund im Gesicht und an Schenkeln und Hüften, mit flachem Busen, lockigen, roten Haaren, die ihr bis zu den Schultern reichten und an den Seiten kurzgeschoren waren. Dazu ein kräftiges, leicht gespaltenes Kinn. In ihren bernsteinfarbenen Augen tanzten blaue und grüne Tupfen und die Narben auf ihrer Haut erzählten von etlichen geschlagenen Schlachten.

»Du musst mit mir kommen«, sagte sie. »Der EINE braucht unsere Hilfe.«

Kurz darauf saßen sie in seinem Iglu einander gegenüber auf Eisbärfellen, zwischen ihnen dampften Tassen mit heißem Algentee. Die Pilgerin, die sich als Thökk, die Feuerhüterin, vorgestellt hatte, war gleich zum Punkt gekommen. Während ihrer Meditation hatte YMIR zu ihr gesprochen. Er hatte verkündet, dass der Berserker und sie dazu bestimmt waren, Surt den Weg zurück in die WELT zu ebnen.

»Dafür müssen wir nach Asgard«, beendete sie ihre Erzählung. Der Berserker brummte überrascht. Balder paktierte dort offen mit dem Dämonenfürsten. Dem folgten die

Apokalyptiker, ursprünglich eine Armee aus Schatten, denen sich immer mehr unzufriedene Riesen, Zwerge und Amazonen angeschlossen hatten. So verschieden sie waren, alle einte dasselbe Ziel: die ausbeuterische Herrschaft der Asen zu beenden. Nach dem Sturz des EINEN in den GAP GINNUNGA waren die schlagkräftigen Apokalyptiker um das Heer der Schatten angewachsen, das dem Willen des Dämonenfürsten unterstand. Gemeinsam verbreiteten Apokalyptiker und Schattenheer nun Angst und Schrecken in der Heimat der Asen. Was sollten eine Feuerriesin und ein Eisriese dort ausrichten können?

»Was erwartet uns dort?«

Thökks angenehm warme Hand legte sich auf seinen Unterarm, und das Eis unter seiner Haut knisterte.

»Seit Heimdall im Kerker sitzt, halten die Apokalyptiker Bifröst besetzt«, antwortete sie. »Wir müssen Heimdall befreien und die Brücke zurückerobern.«

»Auf der Brücke werden uns kampferfahrene Apokalyptiker erwarten. Und früher oder später greift uns auch das Schattenheer des Dämonenfürsten vom Himmel aus an«, gab der Berserker zu bedenken. »Gegen diese Übermacht werden wir uns am Ende geschlagen geben müssen.« Er hielt inne. Er kannte Thökk nicht, aber sie erschien ihm nicht wie eine Kriegerin, die sich kopfüber in aussichtslose Kämpfe stürzte. »Was ist so wichtig an der Regenbogenbrücke?«

»Der EINE ist in die Welt der Träumerin gefallen«, begann Thökk.

»Surt ist bei Josina?« Vor Freude schlug der Berserker mit der Faust auf den Boden. Eissplitter und Schnee spritzten durch den Raum, und ein dünner Flammenteppich überrollte Thökk.

»Entschuldige … «, sagte er erschrocken. Thökk schien unbeirrt.

»Zurück kann der EINE nur über Bifröst«, fuhr sie fort. »Balder und der Dämonenfürst wissen das. Wir müssen verhindern, dass sie ihn davon abhalten.«

»Du und ich? Nicht mal Odins EINHERJER könnten es dauerhaft mit einem so mächtigen Gegner aufnehmen.«

»Keine Sorge.« Thökk grinste selbstbewusst. »Wir müssen die Wachposten nur eine Weile von Bifröst ablenken. Und verhindern, dass die Schatten des Dämonenfürsten auf uns aufmerksam werden.«

Der Berserker blieb skeptisch. »Du hast einen Plan?«

Thökk sah ihn selbstsicher an. »Du kannst mir vertrauen. Ich habe lange für die Apokalyptiker gekämpft, zuletzt in Asgard. Ich weiß, worauf es ankommt.«

STACHEL IM HERZ

Kamille, Shane und ich waren mit dem Nachtisch fertig, als eine sympathische Orgelpfeifenfamilie das Restaurant enterte. In der letzten halben Stunde hatte sich die Pizzeria gut gefüllt, jetzt, mit der Großfamilie, wurde es dazu übertrieben laut.

Am Nebentisch eskalierte ein Teenager-Date, weil einer von beiden fremdgeknutscht hatte. Weiter hinten marschierte eine witzelnde Horde grauhaariger Motorrad-Fans unter den wehmütigen Blicken von Papa Orgelpfeife aus dem Laden. Aus allen Ecken lachte, erzählte und klapperte es. Dazu war es warm und stickig, die Luft roch nach Hefeteig, Thymian, Knoblauch und billigem Hauswein. Mir wurde schwindelig, und plötzlich fand ich mich in einer Kneipe im Asenland wieder. Um mich herum Odins berühmte Streitmacht der EINHERJER, in den Schlachten gefallene germanische Kriegersleute, die gut gelaunt ihre Bierkrüge aneinanderstießen und von ihren heldenhaften Taten schwärmten.

Ein vereinzeltes, gelbes Paar Dämonenaugen beobachtete mich besorgt. Ich schüttelte mich. Im nächsten Moment saß ich wieder in einem normalen Restaurant, um mich herum ganz normale Leute. Und da, wo ich gerade noch zwei gelbe Augen gesehen hatte, saß Shane.

»Was ist los?«, fragte er.

»Hast du mich schon wieder heimgesucht?« Mein Ton war sehr viel schärfer als geplant. »Wie kann das gehen? Ich schlafe doch gar nicht.«

Kamille sah uns erstaunt an. Shane beugte sich zu mir und senkte die Stimme. In seinen schwarzen Augen entdeckte ich einen gelben Schimmer.

»Das macht das Baby. Mach dir keine Sorgen, das ist nur eine Phase.«

Ich wollte etwas antworten, doch meine Umgebung veränderte sich schon wieder. Diesmal allerdings weniger stark: Der Raum und alle Leute blieben vorhanden, nur mischten sich einige wenige Wesen aus der WELT unter die Gäste. Vom Klo her kamen Zwergenkinder gelaufen, am Tresen lehnte ein Schatten in fester Form. Und hinter dem Tisch der Orgelpfeifenfamilie, vor dem großen Fenster zum Hof, standen zwei alte Amazonen. Eine hatte dunkle Haut und lange graue Haare, die zu Zöpfen geflochten waren, die Hellere eine tätowierte Glatze. Sie beobachteten zwei Raben, die die Vogelschar im Hof aufscheuchten. Ich schaute genauer hin. Die beiden Tiere waren groß, mit imposanten Schnäbeln und schwarzen Federn, die bläulich schimmerten. Und sie hatten nicht zwei, sondern drei Augen. Waren das Hugin und Munin? Mir wurde wieder schwindelig.

»Trink was«, drängte Shane und schüttete mir den Rest Wasser aus der Flasche ein, die vor uns auf dem Tisch stand. Ich nahm das Glas und leerte es in einem Zug. »Ich hol dir Nachschub. Bin gleich wieder da.« Er drückte meinen Arm und sprang auf. Kamille sah ihm nachdenklich hinterher.

»Worum geht's?«

»Lass uns zuhause drüber sprechen«, bat ich sie. Kamille kratzte mit ihrem Löffel in ihrem leeren Panna-Cotta-Schälchen herum.

»Ich will nicht, dass ihr Geheimnisse vor mir habt. Gib mir nicht das Gefühl, als wär ich das fünfte Rad am Wagen.«

»Das bist du nicht.« Ich beugte mich über den Tisch und nahm ihre Hand.

»Dann sag mir, was los ist! Jetzt!«

Sie hatte Recht. Ich hätte ihr längst erzählen sollen, dass ich von Shane geträumt hatte.

»Der Fenristraum, den verdanke ich Shane. Er hat mich heimgesucht und mir den Weg zurück zu Surt ermöglicht.«

»Ich dachte, das waren die Bachblüten?«

»Auch.« Ich erinnerte mich an die vielen Blüten, die im Traum aus Shanes Händen gequollen waren. »Shane hat einen Korridor geschaffen, in dem er mir in meinem Traum begegnet ist. Ohne seine Hilfe wäre ich nicht an Fenris vorbeigekommen. Und ich hätte mich nicht zu Surt an den GAP träumen können.«

Kamille sah zum Tresen. Dort nahm Shane eine kleine Flasche Wasser aus dem Kühlschrank und unterhielt sich mit Benito.

»Warum habt ihr mir nichts davon erzählt? Habt ihr etwa …« Sie riss entsetzt die Augen auf. Ich brauchte zwei Sekunden, bevor ich begriff, was sie andeutete.

»Was? Quatsch! Da ist nix gelaufen!«, wehrte ich ab. »Ich wusste nur nicht, wie ich es dir sagen sollte. Ich hatte keine Ahnung, dass Shane die Gabe hat, in anderer Leute Träume aufzutauchen.«

Kamille lächelte dünn. »Ich dachte immer, wir drei erzählen uns alles. Stattdessen habt ihr mich beide belogen.«

»Das war keine Lüge«, verteidigte ich mich. »Ich wollte dir nur kein unnötiges Kopfkino bescheren. Mit deiner Schwangerschaft hast du schon genug Stress.«

Kamille nickte, die Lippen fest aufeinandergepresst. So ganz überzeugt war sie nicht, das sah ich ihr an. Dann entspannte sich ihr Gesicht.

»Ich bin glücklich, dass ich euch habe. Und dass ihr euch so gut versteht, toppt alles. Aber keine Geheimnisse mehr in Zukunft, bitte.« Sie ließ den Löffel ins Schälchen fallen und lehnte sich wieder zurück. »Gibt es eigentlich was Neues von Armin?«

Jetzt war ich es, die lächeln musste. An ihn dachte ich in letzter Zeit tatsächlich immer häufiger.

»Ihr wärt so ein schönes Paar«, sagte Kamille.

»Zwischen uns wird nie was laufen«, blockte ich ab. »Er ist in Sina verliebt. Und ich ...« Ich ließ den Satz unvollendet. Kamille verdrehte die Augen.

»Remy hat aber nicht verdient, dass du auf ihn wartest. Er hat dir deutlich bewiesen, dass ihm Viola wichtiger ist als du. Ich wette, er wird sich nie von ihr trennen.«

Das saß. Aber Kamille hatte sicher Recht. Ich musste Remy endlich loslassen. Allerdings würde ich nicht Armin dazu ausnutzen.

Shane kam zurück, in den Händen die Flasche Wasser für mich und ein weiteres Panna-Cotta-Schälchen für Kamille. Sie nahm es ihm dankbar aus der Hand, warf ihm einen Kuss zu und wandte sich wieder mir zu.

»Remy ist nicht ehrlich zu dir«, sagte sie lehrerinnenhaft. »Oder er hat Bindungsprobleme. Beides jedenfalls keine Basis für eine gute Beziehung.«

»Ich weiß«, stieß ich frustriert aus. Shane ließ sich auf seinen Stuhl fallen.

»Kommt da noch ein Aber?«, hakte er nach.

»Kein Aber. Kamille hat recht«, stöhnte ich. »Es gibt nur ein Problem: Da ist was zwischen uns. Und ich muss erst wissen, was es ist, bevor ich ihn loslassen kann.«

Kamille sah mich mitfühlend an. Dann schob sich eine steile Falte zwischen ihre Brauen. Ich folgte ihrem Blick und drehte mich zur Tür um.

Wie aufs Stichwort öffnete sich, wie in einer guten Bühnenschmonzette, der Vorhang – an der Stelle, an der sich eben noch die Eingangstür befunden hatte.

Auftritt: Remy, der romantische Held. Diesmal ohne Hoodie, dafür mit Stoffhosen, Hipstermantel und Wollmütze. An seiner Seite die böse Viola, mit falschem Lächeln und güldenem Prinzessinnenhaar. Beide trugen Klamotten in verschiedenen Grautönen und sahen fantastisch zusammen aus.

In der Pizzeria, die jetzt merkwürdigerweise ein Theater der Asenwelt war, brandete jubelnder Applaus auf. Das von weither gereiste Publikum aus allen Teilen der WELT griff sich entzückt an den Busen, trank Met aus goldverzierten Tierhörnern und biss in rotbäckige Äpfel. Ich schüttelte mich. Und saß wieder bei Benito, in einem normalen italienischen Restaurant mit menschlichen Gästen.

Nur leider standen Remy und Viola immer noch in der Tür. Sie steuerten den Tisch neben uns an, an dem bis vor wenigen Minuten zwei jetzt nicht mehr verliebte Teenager gestritten hatten. Reflexartig kramte ich mein Portemonnaie aus der Jackentasche, die über meinem Stuhl hing.

»Also ich bin nicht scharf auf die beiden«, raunte ich Shane und Kamille zu. »Ich geh zahlen.«

Shane sprang ebenfalls auf und half Kamille auf die Beine.

»Wir sind schon mal vor der Tür.« Er schnappte sich die Jacken und dirigierte Kamille in einem großen Bogen um Remy herum zum Ausgang. Der schien die zwei nicht einmal zu bemerken, so gebannt konzentrierte er sich auf das, was Viola ihm zuflüsterte.

Als die zwei vor mir standen, bereute ich, dass ich nicht schneller zur Kasse gegangen war. Da war es wieder, dieses falsche Lächeln unter seinen kalten, abgestumpften Blauaugen.

»Wir wollten euch nicht vertreiben«, begrüßte er mich. »Ihr hättet ruhig bleiben können.« In Remys Stimme klang etwas mit, das keinen Ausdruck in seinem Gesicht oder seiner Körpersprache fand. Ich zwang mich, nicht darüber nachzudenken. Stattdessen setzte ich meine Smalltalk-Maske auf. So falsch wie Remy und Viola konnte ich schon dreimal lächeln.

»Kein Thema. Wir waren eh fertig.«

Remy sah mich an und ich konnte sehen, dass er etwas sagen wollte. Ich nahm mein Handy vom Tisch und steckte es in die Jacke, die ich mir über den Arm gelegt hatte. Viola, die bis jetzt geschwiegen hatte, warf mir ein paar vergiftete Augendolche zu.

»Schatz, ich bin mal kurz auf Toilette«, sagte sie, und ich sah ihr nach, bis sie hinter der Tür zu den Klos verschwand. Kaum war sie aus dem Raum, änderte sich Remys Gesichtsausdruck. Seine Augen waren plötzlich wieder viel blauer und wärmer, auch wenn sie nicht annähernd so sehr strahlten wie damals, als wir uns kennengelernt hatten.

»Geht es dir gut?«, fragte er nach einer gefühlten halben Ewigkeit. Ich zog meine Jacke an.

»Danke. Und dir? Was sagt Viola dazu, dass du jetzt ein Wächter bist?«

»Sie hält das für Eso-Quatsch. Aber trotzdem hat sie mir einen Edelstein gekauft. Willst du mal sehen? Damit kann ich Dämonen vernichten – sagt zumindest das Internet.« Er zog einen kinderfaustgroßen Türkis aus der Tasche und hielt ihn mir vor die Nase.

Kurz darauf fiel die Tür der Pizzeria hinter mir ins Schloss. Ich atmete erleichtert aus. Es hatte aufgehört zu schneien, die Luft war trocken und knackend kalt.

»Da bist du ja endlich.« Kamille hielt ihren Wintermantel fest vor dem Bauch zusammen, weil der Reißverschluss sich längst nicht mehr schließen ließ. Es hätte mich nicht gewundert, wenn jeden Moment die Fruchtblase geplatzt wäre.

»Shane muss dir was sagen.« Kamille flüsterte unnötigerweise, dabei war die Straße bis auf uns menschenleer. Der Schnee hatte eine weiße Glocke über die Stadt gestülpt und niemand war unnötig draußen unterwegs. Mir lief ein kalter Schauer über den Rücken, allerdings nicht wegen der Temperaturen.

»Remy hat einen riesigen Türkis«, platzte es aus mir heraus. »Und er weiß, dass er damit Dämonen vernichten kann!« Tränen stiegen in meine Augen. Das alles konnte doch nicht wahr sein! »Was machen wir denn jetzt?«

Kamille sah mich alarmiert an. »Du musst dich von ihm fernhalten. Versprich mir das! Remy darf niemals rausfinden, dass mein Baby …«

»Beruhigt euch«, ging Shane dazwischen. »Wir finden eine Lösung. Versprochen.« Ich entspannte mich etwas. Shanes Zuversicht gab mir Hoffnung, dass Remy für mich nicht ganz verloren war. Doch dann fuhr Shane fort: »Ich weiß, warum Remy sich so komisch verhält. Er hat einen Stachel im Herzen.«

ÍM KERKER

Der Berserker und Thökk hockten hinter einem blühenden Holunderstrauch vor Friggs Palast und beobachteten Balder und den Dämonenfürsten. Nur wenige Schritte entfernt besprachen die beiden, wie sie mit Heimdall, Tyr und Freya, den Köpfen des Asen-Widerstandes, umgehen sollten.

»Wir müssen ein Exempel statuieren«, forderte der Dämonenfürst. Er hatte feste Form angenommen und trug einen weiten, schwarzen Mantel, der unruhig im Wind flatterte. Das grelle Gelb seiner Haare wurde nur noch übertroffen vom Leuchten seiner Augen. »Jetzt, wo Hödur für die Riesenbefreiungsfront kämpft, werden sicher mehr Asen auf die Idee kommen, sich gegen uns zu stellen.«

»Tyr und Freya sind zu beliebt«, widersprach Balder, »wenn wir sie töten, werden sich auch diejenigen gegen uns stellen, die jetzt noch stillhalten.« Der goldene Schimmer, der den Körper des Asen sonst nur schwach erhellte, war deutlich zu sehen in der Dunkelheit, die die WELT seit dem Verschwinden von Sonne und Mond RAGNARÖK beherrschte.

»Und Heimdall?«, drängte der Dämonenfürst. Er wandte den Kopf, als ahne er, dass er belauscht wurde. Schnell duckten sich der Berserker und Thökk tiefer hinter den Holunderstrauch. Der Dämon wandte sich zurück zu Balder. »Wir könnten ihn in einen der Vulkane in MUSPELLSHEIM werfen. Sein Tod wäre eine Warnung für alle, die sich gegen uns auflehnen.«

»Vielleicht hast du Recht«, rieb sich Balder das Kinn. »Außerdem hat Hel einen Narren an ihm gefressen. Sie wird sich erkenntlich zeigen, wenn wir ihn ihr auf dem Silbertablett servieren.«

Thökk stieß dem Berserker besorgt den Ellenbogen in die Seite. Ihr Plan, Bifröst einzunehmen und den EINEN zu retten, basierte darauf, dass Heimdall, der Wächter der Regenbogenbrücke, ihnen half.

»Wir müssen ihn so schnell wie möglich da rausholen«, raunte sie dem Berserker zu. »Wenn die Totengöttin Heimdall erstmal bei sich hat, kann ihn nicht mal mehr Odin zurückholen.«

Vor ihnen beendete Balder das Gespräch mit dem Dämonenfürst.

»Ich muss mich um meine Mutter kümmern. Wir brauchen sie auf unserer Seite, wenn wir Asgard kontrollieren wollen.«

Der Dämon zog eine kleine Pulverdose hervor und drückte sie in Balders Hand.

»Das ist die letzte Ration. Wenn die Wirkung verebbt ist, handelt Frigg wieder nach ihrem eigenen Willen. Stell sicher, dass sie vorher den Eid auf uns schwört.«

Balder steckte das Döschen ein und beide entfernten sich schweigend. Kaum waren sie außer Sichtweite, sprang Thökk hinter der Hecke hervor und bewegte sich geduckt auf den Palast zu.

»Warte!« Der Berserker beobachtete, wie sie hinter einem Findling in der Nähe des Palasteingangs in Deckung ging, sich kurz umsah und dann zum Hintereingang schlich. Diese Riesin hatte mehr Mut als eine Handvoll Söldner und Söldnerinnen zusammen. Und doppelt so hitzköpfig war sie auch. Er vergewisserte sich, dass ihn niemand beobachtete und folgte ihr vorsichtig.

Der Hintereingang von Friggs Palast war durch ein von Zwergen gefertigtes Eisenschloss versperrt. Doch das schien Thökk nicht zu beunruhigen. Sie zog einen kleinen, silbernen Schlüssel aus ihrem Stiefel und führte ihn vorsichtig ins Schloss ein. Kurz darauf begann es darin leise zu knacken. Der Berserker stutzte. Das war ein magischer, von Zwergen gefertigter Schlüssel. Er brach fast jeden Bann, mit dem die Zwerge ihre kunstvollen Schmiedearbeiten belegten.

»Woher hast du den? Von diesen Schlüsseln gibt es nur wenige. Ich kenne keinen Zwerg, der so etwas freiwillig abgeben würde.«

»Hab ihn einer sterbenden Meisterin der Steine abgenommen«, antwortete Thökk. »Und bevor du fragst: Nein, ich habe sie nicht getötet. Ich habe mir nur genommen, was sie eh nicht mehr gebrauchen konnte.«

Der Berserker schwieg. Als Mönch konnte er es nicht gutheißen, dass die Feuerriesin eine Sterbende beraubt hatte. Doch als Söldner hatte er so etwas oft genug selbst getan. Und als Gefährte des EINEN war er Thökk sogar dankbar. Denn wenn es ihnen nicht gelang, Heimdall aus dem Kerker zu befreien, gab es keine Hoffnung mehr, dass Surt die Prophezeiung erfüllen konnte.

Das Schloss schnappte auf, und Thökk stemmte sich der schweren Tür entgegen. Sie deutete dem Berserker, ihr ins Innere zu folgen.

Vor ihnen lag ein langer, schmaler Gang mit niedriger Decke, die ebenso wie die Wände und der Boden aus großen Steinquadern bestand. Der Berserker schob die Tür hinter sich zu, und augenblicklich wurde es stockfinster. Kein Licht, kein Geräusch, nur den Geruch von feuchtem Moos konnte er wahrnehmen. Dann flammte plötzlich ein schwaches Licht auf: Aus der Rune über Thökks innerem Auge züngelten winzige, orangefarbene Flammen. Dass sie noch ihr Gebo besaß und es ihrem Willen gehorchte, beeindruckte ihn. Apokalyptikerin, Kriegerin, Feuerhüterin, er kannte keine Riesin wie Thökk.

Nach einer ganzen Weile entdeckten sie in einiger Entfernung ein weiteres Licht. Sofort erlosch der Feuerschein auf Thökks Stirn. Lautlos näherten sie sich. Eine Tür aus durchscheinendem Bergkristall kam in Sicht. Dahinter schienen Kerzen oder Feuer zu flackern. An der Tür angekommen, zog Thökk erneut den magischen Schlüssel hervor.

»Die hat kein Zwerg gemacht«, flüsterte sie nach einer Weile und steckte ihn wieder weg. Der Berserker legte seine Hand auf den Bergkristall. Er fühlte sich warm an. Keine Klinke, kein Knauf, kein Schlüsselloch, nicht einmal Türangeln waren zu sehen.

»Asenmagie«, sagte er. »Dagegen sind wir machtlos.«

»Und ich hatte gehofft, es wäre ein Kinderspiel, Heimdall hier rauszuholen«, scherzte Thökk. Ihr Lächeln weckte sein Gebo, es drängte sich ihrem Feuer entgegen.

»Odin kann uns helfen«, sagte er und versuchte, sein Gebo zu drosseln. Alles an Thökk gefiel ihm. Sie war gewitzt, furchtlos und nicht auf den Mund gefallen. Ihr Körper war rund und weiblich, gleichzeitig stark und kämpferisch. Das herbe Gesicht, die kräftigen Hände, das rotgelockte Haar, das sie heute zu einem dicken Zopf gebunden hatte, der die frisch rasierten, tätowierten Seiten ihres Schädels betonte. Und dazu dieses lockende Muttermal über ihrer Oberlippe, die manchmal irritierend zuckte, wenn sie ihn ansah ... Er ballte die Fäuste. Jetzt war weder der geeignete Ort noch der richtige Moment für Gefühle dieser Art. Er schloss die Augen, beruhigte sein Gebo und rief den alten Asen in Gedanken.

Odin ließ nicht lange auf sich warten. Im Nu stand er bei ihnen.

»Das ging schnell«, staunte Thökk. »Sei gegrüßt, Odin. Ich bin …«

»Ich weiß, wer du bist, mein Kind. Wir müssen uns beeilen«, fiel Odin ihr ins Wort. »Dämonenwächter sind auf dem Weg, sie wollen Heimdall holen.« Er hob seinen Wanderstab und stemmte ihn fest auf den Boden. Augenblicklich gab die Tür den Weg frei.

Vor ihnen erstreckte sich ein weiträumiger, kreisrunder Raum, von dem etliche Zellentüren abgingen – mit Gitterstäben so dick wie Kinderarme. Einige Gestalten starrten ihnen aus den Zellen entgegen, Zwerge waren darunter, Angehörige der Riesenclans und sogar eine Amazone. Irgendwo stöhnte jemand vor Schmerzen.

Zögernd folgte der Berserker dem Asen und der Feuerriesin weiter in den Kerker hinein. Eine angenehme Kälte umfing ihn, es roch modrig und feucht.

»Könnte etwas wärmer sein für meinen Geschmack«, murmelte Thökk und augenblicklich bildete sich auf ihrer Haut ein dünner, schützender Flammenteppich. Das Licht, das jetzt von ihr ausging, machte allerdings noch mehr Gefangene auf sie aufmerksam.

»Lasst uns raus!«, riefen einige verzweifelt.

»Endlich Rettung!«, jubelten andere.

Der Berserker wollte nach einem Schlüssel oder Mechanismus suchen, mit dem er die vielen Zellen öffnen konnte, doch Odin hielt ihn zurück.

»Wir müssen Heimdall hier rausbringen, bevor die Wachen kommen. Die anderen Gefangenen sind unwichtig.«

Der Berserker warf einen Blick auf die Gesichter hinter den Gittern. Sie alle hofften darauf, befreit zu werden.

»Wir können sie nicht hierlassen. Wer weiß, was Balder mit ihnen anstellt.«

»Wenn Heimdall stirbt, sind sie alle verloren«, entgegnete Odin. Er hob seinen Wanderstab und deutete auf eine Zelle ganz in der Nähe. Wie aufs Stichwort kam dort Heimdall in Sicht. Thökk machte sich sofort ans Werk und untersuchte das Schloss der Zellentür.

»Womit habe ich das verdient«, grüßte Heimdall die Feuerriesin und entblößte dabei seine goldenen Zähne. Er war blond, kräftig und hatte einen überaus sanften Gesichtsausdruck.

»Bilde dir bloß nichts ein. Du sollst uns nur helfen, die WELT zu retten«, grinste Thökk. Heimdall lachte. Überrascht registrierte der Berserker, wie die Eifersucht sein inneres Eis schmelzen ließ.

»Hier wirken die Magie der Steine, Asenmagie und etwas, das ich nicht kenne«, sagte Thökk mehr zu sich. Dann drehte sie sich zum alten Asen. »Ich fürchte, die bekommst nicht mal du auf, Odin.«

»Das hatte ich auch gar nicht vor.« Der Ase zupfte einen Knopf von seinem Mantel und warf ihn in Heimdalls Zelle. Der Berserker beobachtete staunend, wie sich der Knopf verformte, länger und größer wurde und schließlich Loki neben Heimdall stand. Der schmächtige Formwandler zog den größeren und doppelt so breiten Asen in die Arme. Hände klopften auf Schultern und Wangenküsse wurden ausgetauscht. Die beiden wirkten wie lang bekannte Freunde. Vielleicht stimmte es ja, was die Ältesten der Eisriesen erzählten: Dass Heimdall eigentlich ein Halbriese war, dessen Wurzeln mit dem Stammbaum des Gestaltwandlers verwoben waren.

Thökk drehte alarmiert den Kopf. »Dämonen. Einige in fester Form.«

Der Berserker warf einen Blick zum Kerkereingang. Wenn er ihn vereiste, konnte er die Schatten wenigstens für den Moment aufhalten. Doch Odin hatte eine andere Idee und streckte seine Hand aus. Thökk schlug zuerst ein, der Berserker legte seine Hand obenauf. Die winzigen Flammen, die ihre Haut bedeckten, verdampften das Eis, das unter seiner Haut danach drängte, mit ihr zu verschmelzen. Kleine Nebelschwaden strömten aus seinen Poren, darin zuckten winzige Blitze, die seine Handinnenfläche prickeln ließen. Überrascht verlor er sich in Thökks Bernsteinaugen. Dann schlug Odin seinen Wanderstab auf, und der Berserker fiel in die Tiefe.

Er landete unsanft auf dem Rücken, neben ihm prallte Thökk auf. Er wusste sofort, wo er war, auch wenn der dunkle Sternenhimmel, der fast allen Dingen in der WELT die Farbe auswusch, den Ort nur halb so schön aussehen ließ. Das hier war Freyas Rosengarten. Einmal, als Kind, hatte Tyr, der Gerechte unter den Asengöttern, ihn nach Asgard befohlen. Genau hier, zwischen Freyas Rosen, hatten sie lange gesprochen. Kurz darauf hatte der Berserker beschlossen, Mönch zu werden. Es war, als wäre es eine Erinnerung an ein anderes Leben. So viel war geschehen seitdem. So viele Fehler und Missetaten hatte er begangen als Söldner in den Schlachten dieser WELT. Und nun war er doch ein Mönch geworden.

»Wie das riecht!« Thökk saß jetzt neben ihm. Ihre Stimme klang ungewöhnlich sanft. Überrascht sah er sie an. Das war immer noch Thökk, und doch war es nicht die Kriegerin, die er kannte. Sein inneres Eis knackte vor Verlangen, mit jedem Atemzug sehnte sich sein Gebo stärker nach ihr. Er setzte sich auf und betrachtete sie. Sie hatte die Augen geschlossen, den Mund mit dem winzigen Muttermal über der Oberlippe, umspielte ein Lächeln. Aus einer blutenden

Wunde über der linken Braue wirbelten winzige Flammen. Wie seines lag auch ihr Gebo dicht unter der Haut und drängte nach außen.

»Du blutest.« Er deutete auf ihre Stirn. »Darf ich?«

Sie öffnete die Bernsteinaugen und nickte wortlos. Er hielt einen Zeigefinger über die Wunde und ließ Eiskristalle hineinschneien. Da, wo Eis und Feuer einander berührten, entstand feiner Nebel, in dem wieder diese kleinen Blitze zuckten, die sein Gebo so aufwühlten. Ob sie dasselbe fühlte? Sehnte sich ihr Feuer danach, mit seinem Eis zu verschmelzen? Er wich ihrem Blick aus und bemühte sich, sein Gebo zu zügeln. Thökk lachte leise. Etwa über ihn? Er brummte hilflos und verfing sich prompt wieder in ihren Augen. Er wollte ihr so viel sagen, doch jetzt war sie es, die wegsah. Kurz darauf war die Wunde verschlossen.

»Die Blutung ist gestillt.« Er nahm den Finger herunter und starrte angestrengt in die Dunkelheit, in der aussichtslosen Hoffnung, irgendetwas zu entdecken, das ihn von ihr ablenken konnte.

»Danke.« Thökk, jetzt wieder ganz die Kriegerin, stand auf und klopfte sich die Hosen aus. »Wo bleiben Heimdall und Loki? Bist du sicher, dass wir dem Formwandler vertrauen können? Er könnte auch auf Balders Seite stehen und Heimdall nicht zu uns bringen, sondern nach MUSPELLSHEIM, um ihn dort in einen Vulkan zu werfen.«

Bevor der Berserker antworten konnte, landete eine handtellergroße, grünlich schimmernde Libelle vor ihnen im Gras. Auf ihr hockte eine weitere, kleinere Libelle. Das musste der MEISTER DER METAMORPHOSE sein. Und richtig, aus den Tieren wurde etwas Größeres, das wieder andere Formen annahm. Kurz darauf standen Loki und Heimdall vor ihnen.

»Da hast du deine Antwort«, raunte der Berserker und fragte sich, ober er erleichtert oder enttäuscht darüber war, nicht mehr mit Thökk allein zu sein.

SEELENVERWANDT

Auf dem Rückweg von Benitos Pizzeria zur WG erzählte Shane, was er über Remys ominösen Stachel wusste. Das war nur leider ziemlich wenig: Er war definitiv dämonischen Ursprungs und angeblich ungefährlich. Aber da er in Remys Herz steckte, blockierte er dessen Gefühle. Shane glaubte, dass Remy deshalb nicht von Viola loskam. Wer ihm den Stachel gesetzt hatte, wusste Shane nicht. Er ging allerdings nicht davon aus, dass Viola dahintersteckte.

So schlimm ich das mit dem Stachel fand, irgendwie erleichterte es mich auch. Denn jetzt verstand ich endlich, warum Remy mir gegenüber so herumeierte. Er hatte mich nie belogen. Der Bann, den der Stachel über sein Herz legte, war nur leider stärker als die Gefühle, die er für mich empfand.

Als wir vor der WG ankamen, stand Armin vor der Tür. Er hatte Gesprächsbedarf, deshalb verzogen wir uns in mein Zimmer, tranken Tee und redeten über unsere Beziehungsprobleme, über meine Klarträume und seine Angstattacken. Unfassbar, wie vertraut wir uns nach so kurzer Zeit schon waren. Als ob wir uns ewig kannten. Doch da entstand auch etwas anderes zwischen uns, etwas das immer greifbarer wurde, je öfter ich in seine grüngesprenkelten braunen Augen schaute. Ich versuchte, es so gut es ging zu verdrängen. Irgendwann floh ich in die Küche, um eine weitere Kanne Kräutertee zu machen.

»Krieg ich eine Tasse ab?«, riss mich Kamille aus meinen Grübeleien. Sie lehnte sich mit dem Rücken ans Spülbecken und musterte mich neugierig. Ihr Bauch war jetzt so groß wie ein Medizinball. Unfassbar, wie schnell der in den letzten Stunden gewachsen war. »Quatscht ihr noch oder knutscht ihr schon?«, fragte sie grinsend.

»Wir reden nur«, antwortete ich abweisend und goss kochendes Wasser in die Thermoskanne. »Mehr ist da nicht.« Ich dachte an Armin, der auf dem Bett in meinem Zimmer saß und stellte mir vor, dass es Remy wäre. Auch wenn Shane es nicht glaubte, ich war überzeugt, dass Viola für den Stachel verantwortlich war. Wer außer ihr hätte sonst einen Grund, seine Gefühle für mich unterdrücken zu wollen?

Aus dem Nichts rutschte ein kalter Schwarm Fische über meinen Rücken und platschte auf den hölzernen Küchenboden. Dutzende dicke, zappelnde Fische lagen vor meinen Füßen, schnappten nach Luft und starrten mich aus dumpfen Augen an. Ich fühlte mich wie der Eine, der ausgezogen war, um das Fürchten zu lernen. Und wie in dem Märchen der Gebrüder Grimm hatte auch ich das Ziel erreicht: Ich gruselte mich dermaßen, dass mir die Knie zitterten. Vorsichtig stupste ich einen der Fische mit dem großen Zeh an und spürte, wie die Angst in meinem Körper Kapriolen schlug. Doch dann bemerkte ich, dass Kamille vollkommen ruhig blieb, also sah anscheinend nur ich die nach Sauerstoff japsenden Tiere. Ich versuchte mich zu beruhigen.

»Was, wenn Remys Herz den Stachel nicht verträgt? Was, wenn er daran stirbt?«

»Das wird er nicht«, beruhigte mich Kamille und strich sich dabei über den Bauch. Die Fische vor unseren Füßen verschwanden, ebenso die Angst, die mich gerade noch ausgefüllt hatte. Erst jetzt bemerkte ich, dass Shane in der Tür stand. Keine Ahnung, wie lange er uns schon zuhörte.

»Der Stachel wirkt auf der feinstofflichen Ebene, Josie. Remy kann nichts passieren.«

Ich schüttelte entschlossen den Kopf. »Das reicht mir nicht. Ich muss einen Weg finden, wie ich ihm das Ding ziehen kann.«

Als ich zurück ins Schlafzimmer kam, lag Armin auf dem Bett und las den *Tristan*. Sofort vergaß ich meine Sorgen um Remy. Ich füllte unsere Tassen auf und setzte mich zu ihm. Er legte das Büchlein zur Seite und machte leider genau da weiter, wo ich ihn vorhin unterbrochen hatte, als ich in die Küche geflohen war.

»Da ist doch was zwischen uns«, sagte er, und seine länglich geformten Augen verzogen sich zu einem wehmütigen Lächeln. »Ich will das eigentlich nicht. Aber ich muss ständig an dich denken.«

Ich schlürfte an meinem Tee und verbrannte mir dabei prompt die Zunge. Ich liebte Remy, vermisste Surt und hatte Gefühle für Armin. Was war bloß mit mir los?

»Lass uns nichts machen, was wir später bereuen«, hustete ich. Was für ein abgeschmackter Satz! Aber ich meinte jedes Wort. Trotzdem lief in meiner Fantasie ein Film mit uns in den Hauptrollen ab. FSK 16, wenn nicht sogar 18. Armin machte es mir verdammt schwer. Besonders, wenn seine braunen Augen in diesem wölfischen Grün schimmerten, das mich so sehr an Surt erinnerte …

»Vielleicht sind wir seelenverwandt«, versuchte Armin eine Erklärung. »Oder es ist wegen Sina. Vielleicht habe ich Angst davor, mich ganz auf sie einzulassen.«

Das klang logisch. Vielleicht suchte auch ich nur eine Ablenkung von Remy. Vielleicht war da aber auch etwas zwischen uns, was wir nicht ignorieren sollten. Ich stellte meine Tasse ab und fingerte an den Knöpfen meines Hemdes herum.

»Und wenn wir doch miteinander schlafen? Danach wissen wir garantiert, was Sache ist.«

STREIT IM ROSENGARTEN

Meine Heimat ist die ALTE WELT. Nicht Asgard«, sagte Loki mit Nachdruck und strich sich über die kurzen schwarzen Haarstoppeln. Der silberne Ring an seinem Mittelfinger wandelte dabei die Form: das winzige Eichhörnchen darauf wurde zu einer krabbelnden Spinne, die sich wiederum in einen tollenden Fuchs verwandelte. »Heimdall ist im Unrecht.«

Der Berserker nickte verständnisvoll. Wie die meisten Asen glaubte auch Heimdall, dass Loki ihnen Dankbarkeit dafür schuldete, bei ihnen leben zu dürfen. Dabei hatte Odin dem MEISTER DER METAMORPHOSE einst die Heimat genommen und deren Bewohner in alle Winde zerstreut. Dass Loki sich beharrlich weigerte, die Gesetze der Asen zu befolgen und stattdessen nach den Regeln der ALTEN WELT lebte, werteten die Asen als bösen Verrat an ihrer Gutmütigkeit. Nur Tyr und die Vanengeschwister Freyja und Freyr hatten seit jeher verstanden, was Odin Loki angetan hatte, als er den Ur-Riesen erschlug und die ALTE WELT zerstörte. Die Freundschaft zwischen dem alten Asen und Loki war nur sehr langsam gewachsen und basierte sicher auch auf Odins Schuld und Scham über diesen Fehler. Dass er Loki mit großer Nachsicht behandelte und ihm jeden Verrat an den Asen verzieh, war den meisten verhasst. Heimdall teilte diesen Groll zwar nicht, dennoch verlangte auch er von Loki, die Regeln und Bräuche der Asen einzuhalten. Auch wenn die beiden sonst gut miteinander auskamen und sogar freundschaftlich miteinander umgingen, in diesem Punkt fanden sie keine Einigkeit.

»Thökk macht Heimdall schon noch begreiflich, dass es nicht nur seine Sicht der Dinge gibt«, sagte der Berserker zuversichtlich. Loki wackelte mit dem Kopf und ein mehrdeutiges Lächeln huschte über sein Gesicht.

»Diese Frau scheint dir zu gefallen, so oft, wie du von ihr sprichst …«

Der Berserker überging Lokis Anspielung. Das war nicht der richtige Ort, um über seine Gefühle für die Feuerhüterin zu sprechen. Er sah nach oben zur Brücke, die sich mehr als doppelt so hoch wie die Krone einer ausgewachsenen Eiche über ihnen auftürmte. Einige Wachen starrten von dort aus in die Tiefe. Doch aus dieser Entfernung konnten sie ihn und Loki im dunklen Rosengarten nicht entdecken. Ebenso wenig konnten es die vereinzelten Seelenlosen, die weit oben über Bifröst am Himmel schwebten.

Der orangefarbene Bernstein, aus dem Bifröst gehauen war, schimmerte von innen heraus und reflektierte das milchige Sternenlicht in allen Farben des Regenbogens. Der Formwandler starrte ihn weiter neugierig an.

»Thökk gefällt dir also?« Lokis Gesicht verwandelte sich in das der Feuerriesin. Die warmen Augen, das markante Kinn, das Muttermal über der Oberlippe … Obwohl der Berserker wusste, dass es Loki war, reagierte sein inneres Eis auf diese falsche Thökk. Als sie sich vorbeugte und ihn auf den Mund küsste, fühlten sich ihre Lippen weich und fordernd an. Abrupt erkaltete sein Eis und winzige Hagelkörner schossen aus seinen Poren. Loki, der immer noch wie Thökk aussah und dessen Kleider und Haare jetzt übersät von Hagel waren, lachte.

»Das sollte dir bei eurem ersten Kuss besser nicht passieren!« Dann wurde er ernst. »Ich freue mich, dass du die Liebe gefunden hast. Aber so kurz vor der Schlacht?«

Der Berserker brummte hilflos. Er wollte es ja unterdrücken, aber die Gefühle für Thökk waren zu stark.

»Ich bete zu YMIR, dass sie überlebt«, sagte Loki.

Der Berserker erinnerte sich, wie die KRAFT in seinen Armen gestorben war. War es ihm vorherbestimmt, auch Thökk in den Tod zu begleiten?

»Thökks Plan wird gelingen«, hörte er sich sagen, »und wir werden es alle überleben.«

Loki wandelte sich in seine bekannte Form zurück. In seinen kurzen schwarzen Haaren glitzerten Hagelkörner.

»Es war eine gute Entscheidung, dass du Thökk die Führung überlassen hast.« Loki suchte nach Worten. »Sie ist klug, mutig und zäh. Und sie denkt wie ein Apokalyptiker, das könnte uns zum Sieg führen.« Oben auf der Brücke zogen sich die Wachen zurück. »Doch niemand von uns hat jemals gegen ein so großes Heer von Feinden gekämpft. Es ist durchaus möglich, dass wir scheitern. Zu RAGNARÖK sind selbst die Götter sterblich.«

»Wir müssen die Brücke nur so lange verteidigen, bis Surt sicher zurückgekehrt ist«, widersprach der Berserker. Er wollte nicht daran denken, dass er am Ende nicht nur seinen Vetter, sondern auch Thökk verlieren könnte. »Das ist zu schaffen. Die Amazonen haben sich schon von den Apokalyptikern losgesagt. Wenn sich jetzt auch die Riesen und Zwerge abwenden ...«

»Die Amazonen sind sehr viel klüger als die meisten Riesen und Zwerge zusammengenommen«, winkte Loki ab. »Als der Dämonenfürst sich mit Balder verbündete und daraufhin die Apokalyptiker mit seinem Schattenheer vereinigt wurden, wussten die Amazonen sofort, dass niemals ein Riese auf dem Doppelthron sitzen würde. Zwerge, Riesen und all die anderen Wesen, die damals nicht mit den Amazonen gegangen sind, werden den Apokalyptikern auf ewig die Treue halten, selbst jetzt noch, wo im Grunde Balder über sie befiehlt.«

»Das glaube ich nicht«, beharrte der Berserker. »Die Riesen und auch die Zwerge werden bald erkennen, dass der Goldene nicht vorhat, sich für sie einzusetzen. Und wenn sie die Apokalyptiker verlassen …«

»…dann haben Balder und der Dämonenfürst immer noch ein nahezu unbezwingbares Schattenheer. Außerdem ist Balder nicht so unbedacht, die Zwerge und Riesen zu verprellen. Er wird ihnen vormachen, dass er weiter nach einem würdigen Riesen sucht, mit dem er sich den Thron teilen kann. Und hinterrücks werden er und der Dämonenfürst die WELT unter sich aufteilen.«

»Ich kann nicht für die Zwerge sprechen«, sagte der Berserker. »Aber ich bin sicher, dass die Riesen in den Reihen der Apokalyptiker erkennen werden, dass Balder nur an seinen eigenen Vorteil denkt.«

»Mag sein. Aber das kann dauern. Und bis dahin halten sie ihm die Treue und sehen uns als ihre Feinde an.«

In ein unauffälliges Tier verwandelt hatte Loki viele Gespräche der Apokalyptiker belauscht, er wusste also, wie sie dachten und fühlten. Der Berserker sah den Formwandler beschwörend an.

»Umso wichtiger, dass wir Gefährten zusammenhalten und uns gegenseitig schützen. Dafür brauchen wir dich. Und Heimdall. Nur er kann mit dem GJALLARHORN das Tor zur Welt der Träumerin öffnen. Also versuch wenigstens, ihn nicht zu reizen.«

Loki verzog den Mund zu einem breiten Lächeln und entblößte eine Reihe spitzer, perlweißer Zähne.

»Ich mag Heimdall und werde es versuchen. Aber versprechen kann ich es nicht.«

Über ihnen, am Sternenhimmel, krächzte wie zur Bestätigung ein Rabenpaar: Hugin und Munin, Odins Augen. Loki legte den Kopf in den Nacken. Von hier unten, ohne das Licht von Sonne und Mond, waren die Vögel nur schwer zu auszumachen.

»Balder glaubt immer noch, dass er Odins Raben beherrscht«, sinnierte er. »Das könnte unser Glück sein.«

Aus einiger Entfernung näherten sich Schritte. Augenblicklich verwandelte sich Loki in eine Fledermaus. Der Berserker lauschte angespannt in die Dunkelheit und hob dann entwarnend die Hände.

»Da kommen Thökk.« Er stutzte. »Und die Träumerin.«

Loki nahm wieder seine ursprüngliche Gestalt an. »Hoffentlich hat die Träumerin gute Neuigkeiten.« Die Schritte kamen näher. Loki legte den Kopf schief. »Klingt nicht so, als ob sie sich gut verstehen.«

Der Berserker spitzte die Ohren. Loki hatte Recht. Thökk und Josina stritten leise. Kurz darauf betraten sie den Rosengarten.

»Das machen wir so nicht«, sagte Thökk bestimmt und stemmte die Hände auf die kräftigen Hüften. Ihn und den MEISTER DER METAMORPHOSE beachtete sie nicht. Was ging da zwischen den beiden vor? Die Schwarze Träumerin grüßte ihn und Loki stumm und drehte sich zurück zur Feuerriesin.

»Wer hat dich eigentlich zum Boss gemacht? Ich glaube nicht, dass du für alle sprichst.«

Von neuem überrascht erkannte der Berserker, wie ähnlich die Amazone der Schwarzen Träumerin gewesen war. Sie hatten dieselbe dunkle Hautfarbe und ähnelten einander wie Schwestern, die am selben Tag geboren waren.

»Glaub doch, was du willst«, fauchte Thökk. Jetzt schlug die Träumerin einen sanfteren Ton an.

»Okay, also nochmal von vorn. Wer bist du überhaupt?«

Thökk betrachtete Josina mit flammenroten Augen und presste die Kiefer aufeinander. Entweder wollte oder konnte sie nicht antworten.

»Das ist Thökk«, sprang Loki ein. »Sie hatte eine Vision und will uns helfen.«

»Schön. Bitte sag ihr, dass ich keine guten Ratschläge brauche. Ich bin die Träumerin. Ich weiß, was ich tun muss.«

»Offensichtlich nicht«, fuhr Thökk mit rauer Stimme dazwischen. »Sonst hättest du den EINEN doch schon längst gefunden!«

»Du bist Surt noch nicht begegnet?«, fragte Loki alarmiert. Das innere Eis des Berserkers splitterte. Wenn die Träumerin den EINEN in ihrer Welt nicht finden konnte – waren sein Vetter und die NEUE WELT am Ende doch nicht zu retten?

DER PLAN

Zugegeben: Thökk und ich hatten keinen guten Start. Sie warf mir vor, eine schlechte Träumerin zu sein, und ich hielt sie für eine Besserwisserin, die mir meine Berufung erklären wollte. Doch dann kapierte ich, dass sie tatsächlich was draufhatte und dem Berserker eine wichtige Stütze war. Außerdem war offensichtlich, dass sie in den Berserker verknallt war. Und anscheinend ging es ihm genauso, denn die Blicke, die er ihr zuwarf, wenn er sich unbeobachtet fühlte, sprachen Bände. Irgendwie süß, wenn auch der denkbar schlechteste Zeitpunkt für eine Romanze. Es war offensichtlich, dass beide ihre Gefühle voreinander verbargen, deshalb ignorierte ich das Liebesgeknister zwischen ihnen und begrub meine unnötige Eifersucht auf ihre Position in der Gruppe. Auch Thökk schraubte ihre Wut zurück, und ab da lief es eigentlich ganz gut zwischen uns. Okay, beste Freundinnen würden wir in meinen Träumen wohl nicht mehr werden, ihre herrische Art ist einfach nicht mein Ding. Aber ich musste einsehen, dass sie eine gute Gefährtin abgab, die den Berserker, Loki und die beiden Asen im Griff hatte.

Thökks Plan, Bifröst zu stürmen und Surt bei seiner Rückkehr zu beschützen, fand ich wasserdicht. Um ihr Vorhaben in die Tat umzusetzen, brauchte es allerdings Heimdalls GJALLARHORN, das Balder gestohlen und irgendwo in Asgard versteckt hatte. Loki suchte jetzt schon seit Tagen danach und würde es hoffentlich bald finden.

Heimdall kundschaftete in der Zwischenzeit die Wachwechsel auf der Brücke aus, um den bestmöglichen Zeitpunkt für einen Überraschungsangriff auszumachen.

Thökk und der Berserker wiederum suchten einen Weg, die EINHERJER zu befreien, die Balder in VALHALL eingeschlossen hatte, dem riesigen Prunksaal in Odins Burg GLADSHEIM. Odins treu ergebene Kriegersleute sollten das vereinte Heer aus Apokalyptikern und seelenlosen Schatten des Dämonenfürsten bekämpfen – auf den Schlachtfeldern Asgards, möglichst weit von der Brücke entfernt. Mit etwas Glück lenkte das Balders Aufmerksamkeit zumindest so lange von Bifröst ab, bis die Gefährten die Brücke eingenommen hatten.

Die Befreiung der EINHERJER gestaltete sich jedoch als schwierig, denn sämtliche Türen VALHALLS waren mit einem starken magischen Band versiegelt. In ihrer Vision hatte Thökk zwar gesehen, dass sich die Krieger befreien und in die Schlacht werfen würden. Aber wie wir das magische Band zertrennen und die Türen öffnen konnten, wusste sie nicht.

Nachdem die Gefährten mich auf diesen Stand gebracht hatten, verließen Loki, Thökk und der Berserker den Rosengarten. Ich blieb allein zurück. Da zerrte eine kräftige Windbö an mir und wirbelte duftende Rosenblätter auf: Odin kündigte sich an. Von winzigen, knisternden Blitzen begleitet schälte er sich aus dem Nichts. Er sah gut aus, sein gesundes Auge funkelte voller Energie, und sein Körper hatte so viel Spannung, dass er den Wanderstab, auf den er sich sonst stützte, locker in der Hand hielt. Wie immer trug er den weiten Kapuzenmantel, in den die Rune ANSUZ eingestickt war.

»Hast du Bifröst in deiner Welt gefunden?«

»Ich hab keine Ahnung, wonach ich suchen muss«, versuchte ich erst gar nicht, mich herauszureden. »In meiner Welt sieht Bifröst sicher nicht aus wie eine Brücke aus Bernstein.«

»Es könnte eine Tür sein«, stimmte Odin mir zu. »Oder ein See, eine Pfütze, ein Loch in einem Baum. Bifröst kann jede Form annehmen. Verlass dich nicht auf deine Augen. Achte auf dein Gefühl. Du kannst es spüren, wenn die Brücke in der Nähe ist. Sie vibriert durch Asenmagie.«

Ich drehte mich zu Bifröst und versuchte, die Magie zu fühlen. Doch ich spürte nichts. Ich sah nur den Bernstein, der von innen heraus leuchtete und den Regenbogen, der sich über der Brücke spannte. Frustriert wandte ich mich wieder ab.

»Was, wenn ich Bifröst nicht finde?« Ich bemerkte, dass ich drauf und dran war, aufzuwachen. Aber vorher musste ich die Antwort hören.

Odins Auge wurde vollkommen weiß, Pupille und Iris verschwanden.

»Dann ist der EINE verloren.«

DÄMONENGEBO

Surt ging der Kuss zwischen Armin und Josina nicht aus dem Kopf. Vermutlich wäre sogar mehr passiert, aber die Freundin der Träumerin, die mit einem Dämonenbaby schwanger war, hatte rechtzeitig an die Zimmertür geklopft und den Moment mit einem »Ich glaub, ich hab Wehen!« zerstört. Kurz darauf gab es zwar Entwarnung, aber da hatten Armin und Josina schon beschlossen, »gute Freunde« zu sein und das, was sie eine »kopflose Knutscherei« nannten, zu vergessen.

Nicht, dass Surt nicht wollte, dass sich Josina in einen anderen verliebte. Im Gegenteil. Sie sollte glücklich sein. Sie musste es sogar: Seit der Verschmelzung war sie ein Teil von ihm, er würde nie wahrhaft glücklich sein, solange Josina es nicht auch war. Er liebte sie und würde es immer tun, doch sein Gebo brannte für die Amazone. Egal, ob sie nun lebte oder tot war.

Surt befand sich noch immer in Armin und erlebte die Welt der Träumerin durch dessen Körper. Vieles, was er sah oder hörte, verstand er nicht, Vieles verwirrte ihn. Die wenigsten Menschen hier waren mit ihrem Gebo verbunden. Auch sie hatten YMIR aus ihrer Welt verbannt und damit ihr Schicksal besiegelt. Doch ihnen drohte nicht die Finsternis. Hier drohte der Tod Yggdrasils. Die Menschen zerhackten seine Wurzeln, marterten seine Stämme und verseuchten das Wasser, das ihn nährte. Yggdrasils Gebo war fast nicht mehr zu spüren. Schon bald würde es versiegen – und die Welt mit all ihren Lebewesen sterben.

Das Schicksal deiner WELT ist an diese hier gebunden, warnte die Stimme YMIRS.

Für einen Moment verblassten die Konturen, und das Nichts griff um sich. Doch Surt blieb ruhig. Er schloss die Augen und spürte seinem Atem nach, so, wie die Amazone es ihm beigebracht hatte. Er öffnete sein Herz und ließ sein inneres Feuer aufflackern. Als er die Augen nach einer Weile öffnete, war wieder die Welt der Träumerin zu sehen.

Welten gibt es wie Sterne am Himmel. Yggdrasil wächst in jeder von ihnen. Stirbt er in einer Welt, die mit einer anderen verbunden ist, droht beiden der Untergang.

Surt überlegte, wie seine und die Welt der Träumerin miteinander verbunden waren.

Bifröst verbindet euch, antwortete YMIRS Stimme. Dann muss Bifröst brennen, dachte Surt.

»Hey, Armin!«

Surt wusste sofort, dass es Josina war, die da rief. Er öffnete die Augen und sah, was Armin sah: einen Raum mit vielen Tischen und Stühlen. Darauf standen große Kisten, vor denen Menschen auf flachen Kästen mit kleinen beweglichen Steinen herumdrückten. An einem der Tische saß die Träumerin. In ihrer Welt wirkte sie völlig anders, weniger selbstbewusst, weniger kämpferisch. Sie trug blaue Hosen zu einem gelben Hemd und ihre lockigen, weichen Haare umrahmten ihr lächelndes Gesicht. Sie stand auf und kam auf ihn zu. Das Gestell aus Holz und Glas, das ihre Augen dahinter deutlich verkleinerte, war ihre Nase heruntergerutscht, mit einer geübten Bewegung schob sie es wieder hoch.

»Woher weißt du, wo ich arbeite? Hat Kamille gepetzt?«

Josina küsste Armin zur Begrüßung auf die Wange. Die Menschen an den anderen Tischen beobachteten sie verstohlen. Eine Frau mit purpurfarbenen Haaren und Raubtierfingernägeln raunte einem Mann mit fleckigen Wangen etwas zu. Beide starrten Armin abschätzig an.

»Guck da nicht so hin!«, raunte Josina Armin zu. »Holger muss nicht wissen, dass ich dir von ihm erzählt hab.« Dann sprach sie lauter: »Eine Kaffeepause wär genial. Ich hab meine To-do-Liste gerade abgehakt.«

Der Mann mit den fleckigen Wangen tat so, als ob er nicht zuhörte und hielt der Frau mit den Raubtiernägeln ein Papier hin. Josina warf den beiden einen schwer zu deutenden Blick zu und zog Armin mit sich aus dem Raum. Draußen schloss sie die Tür und sah ihn erwartungsvoll an.

»Und? Haste dir Holger so vorgestellt?«

»Nicht annähernd so farblos«, antwortete Armin. Die beiden lachten. Surt versuchte erst gar nicht zu verstehen, worüber.

Josina und Armin folgten einem fensterlosen Gang mit Trockenmoos-artigem Boden und dunkelgrünen Wänden. Das Licht flackerte schnell und hart, und in der Luft lag ein hohes, kaum hörbares Surren, wie von einem entfernten Schwarm Mücken. Das hier war kein guter Ort.

Am Ende des Ganges winkte eine Frau mit großen braunen Locken. Surt erkannte sie sofort wieder: Sie hatte den Kuss zwischen der Träumerin und Armin unterbrochen. Sie trug ein unförmiges Kleid, das wie ein gefrorener Ledersack aussah.

»Ist nicht wahr«, sagte Josina, als sie die Schwangere erreichten. »Du trägst jetzt Zelte?«

»Haha. Du mich auch.« Die Schwangere ballte die Faust und ließ nur den Mittelfinger stehen. In ihren dunklen Augen lag ein gelber Schimmer. »Wie soll ich meinen Bauch bitte sonst noch ein paar Tage verstecken?«

Offensichtlich hatte der dämonische Vater des ungeborenen Kindes ihr nicht verraten, dass sie vermutlich schon heute Mutter werden würde. Surt hatte einige Dämonengeburten miterlebt, der gelbe Schimmer in den Augen dieser Frau war ein untrügliches Zeichen dafür, dass es bald so weit war. Die Träumerin nahm die Hand ihrer Freundin.

»Du solltest in Mutterschutz gehen«, riet sie. »Es kann jederzeit losgehen.«

Armin schien das gleiche zu denken. »Josina hat Recht. Du siehst ziemlich überfällig aus. In welchem Monat bist du eigentlich?«

»Ist doch egal«, unterbrach ihn Josina. »Das Baby kommt jedenfalls schon sehr bald.«

»Mutterschutz muss warten. Erst mach ich das Interview mit Frieder von Sörensen«, sagte die Schwangere und schob ihre Unterlippe vor.

»Wer soll das denn sein?«, fragte Armin.

»Er ist Vermessungsingenieur und *der* Experte für Geomantie«, antwortete Josina. »Der Grenzbereich zwischen Wissenschaft und Spiritualität ist sein Spezialgebiet.«

Die Schwangere nickte energisch. »Von Sörensen glaubt, dass die Erdbeben im Dom von einem Ereignis in einer anderen Welt erzeugt werden«, ergänzte sie.

»Wie das denn?«, fragte Armin.

»Ist im Grunde ganz einfach«, begann die Schwangere. »Stell dir unsere Welt wie ein Quantenteilchen vor, dass mit einem anderen Teilchen verschränkt ist. Wenn du das eine Teilchen erschütterst, wackelt auch das andere. Genauso ist es mit Parallelwelten.«

»Und dieser Typ meint, es gibt so eine parallele Welt, die mit unserer verbunden ist?« Armin klang nicht überzeugt. »Und der nennt sich Wissenschaftler?«

»Von Sörensen glaubt, dass beiden Welten der Weltenbrand bevorsteht«, sagte Josinas Freundin. Surt spitzte die Ohren. War das vielleicht so etwas wie RAGNARÖK?

»Wenn du mit ihm über den Weltenbrand sprichst, dreht die Chefin durch«, warnte Josina ihre Freundin. »Das ist total unwissenschaftlich.«

»Keine Sorge«, die Schwangere lächelte. »Ich frag ihn nur, wie er es als Wissenschaftler vertreten kann, die Erdbeben mit dem Weltenbrand und der nordischen Mythologie in Verbindung zu bringen.«

Aus der Entfernung kam ein Mann auf sie zugelaufen. Er war groß, seine Haltung selbstsicher und seine Haut sehr viel dunkler als die der Träumerin, annähernd so schwarz wie seine Kleidung. Surt wusste, dass er ein Dämon war, lange bevor er den leichten Schwefelgeruch oder das verräterische Gelb in der Tiefe seiner schwarzen Pupillen wahrnehmen konnte. Dass der Dämon eine feste Form angenommen hatte, bedeutete, dass er nicht in einer Bruthöhle gereift, sondern frei und selbstbestimmt mit einer Seele geboren worden war.

»Hey zusammen! Ich hab für heute frei. Lust auf eine Kaffeepause?«

»Wir waren gerade auf dem Weg in die Kantine«, antwortete Josina. »Aber erst mal die Formalitäten. Armin, das ist Shane. Shane, das ist Armin.«

»Schön, dich kennenzulernen«, grüßte der Dämon.

»Freut mich auch.« Armin ergriff die ausgestreckte Hand, und in seinem Innerem betrachtete Surt den Dämonen genauer. Er schien friedlich und weder boshaft noch kalt oder berechnend zu sein. Im Gegenteil strahlte er eine vertrauenerweckende Wärme aus.

Der Blick des Dämons fiel durch Armins Pupille direkt in Surts Augen.

»Ich hatte gehofft, dass du es bist«, sagte er. Ein plötzlicher Flammenteppich überrollte Surt – aber nicht Armin. Der Dämon sprach zu ihm!

»Wer bist du?«, fragte Surt und in der Welt der Träumerin tat Armin dasselbe.

»Ein Freund, soviel ist sicher«, antwortete der Dämon.

»Jungs, wie man sich vorstellt, solltet ihr aber nochmal üben.« Über der Nasenwurzel grub sich eine steile Kerbe in die Stirn der Schwangeren. Und der Dämonenschimmer in ihren Augen wurde zusehends stärker. Das Dämonengebo hatte sich schon tief in ihr eingenistet. Mit der Geburt des Babys würde ein Teil davon in ihrem Körper zurückbleiben.

»Ich hab dir doch von Shane erzählt«, wandte sich Josina an Armin. »Schon vergessen? Das ist Kamilles Freund. Der DJ und Plakatierer.« Der Dämon schien etwas hinzufügen zu wollen, doch da sackte die Schwangere in sich zusammen ...

HOLZTÜR ZUM PARKDECK

Kamilles Baby kam dann doch schneller als erwartet. Sie griff nach Shanes und Armins Armen und ging stöhnend zu Boden. Als sie den Kopf hob, waren ihre Augen nicht mehr braun, sondern gelb, mit längsgeschlitzten Pupillen. Sie lachte, bis sie wieder vor Schmerz stöhnte.

»Das ist definitiv kein normales Baby.«

Das war es wirklich nicht, dachte ich. Dieses Baby war in wenigen Tagen so groß geworden wie die meisten anderen Babys in neun Monaten Schwangerschaft. Es war sehr wahrscheinlich, dass es auch seine Geburt ungewöhnlich gestalten würde. Was, wenn Kamille das nicht packte? Obwohl ich zugeben musste, dass sie mit diesen gelben Augen alles andere als schwach aussah. Eher das Gegenteil und dazu unheimlich schön. Dass Armin ihr verwandeltes Aussehen nicht kommentierte, konnte nur bedeuten, dass entweder Shane oder das Baby einen Korridor geöffnet hatten und nur ich sehen konnte, was »nicht normal« war.

»Ich muss sofort nach Hause in die WG«, stöhnte Kamille.

»Und jemand muss Gerta Bescheid sagen.« Shane reagierte wortlos und hob sie hoch. Armin hockte noch am Boden.

»Lauft vor, ich pack schnell die Sachen ein und komme nach«, sagte er und machte sich daran, den Inhalt von Kamilles Tasche aufzusammeln. Ich hatte gar nicht mitbekommen, dass sie runtergefallen war.

»Wir treffen uns auf dem Parkdeck!«, rief ich und rannte los. »Ruf an, falls du es nicht findest.«

Shane folgte mir, in den Armen Kamille in einem absurd ausladenden Kunstlederkleid. Wir liefen den kompletten Gang hinunter, vorbei an zig Büros. Fast alle Türen waren verschlossen, nirgends ein Lachen oder Radiosound zu hören. Das einzige Geräusch, das uns begleitete, war das Knistern der flackernden Neonröhren unter der Decke.

Irgendwann bogen wir links ab, dann rechts, folgten einer schmalen Treppe nach oben und standen endlich vor der Tür zum Parkdeck. Allerdings stammte die nicht aus dem einundzwanzigsten Jahrhundert. Sie bestand aus verwittertem Holz und hatte verrostete Eisenbeschläge. Vergeblich rüttelte ich daran. Sie bewegte sich nicht. Ich sah Shane ratlos an.

»Kamilles Augen, diese Tür ... Wir stecken in einem Korridor, richtig?«

»Das Baby hat seinen Geburtskorridor geöffnet«, bejahte er. »Alle Ungeborenen machen das, wenn die Wehen außerhalb der WELT einsetzen.«

»Verrätst du mir auch, wie ich diese Tür aufkriege?«

In dem Moment gesellte sich Armin zu uns. Er drückte Kamille die Tasche in die Hand und wandte sich dann an Shane und mich.

»Worauf wartet ihr? Ich denk, wir haben es eilig!« Bevor mir eine schlaue Antwort einfiel, schob er sich an uns vorbei und drückte die Tür auf. Die verrosteten Türzargen knarrten und quietschten dramatisch, und eine geschlossene Schneedecke kam in Sicht. Manchmal war es anscheinend hilfreich, nicht alles zu sehen.

Das nahezu verlassene Parkdeck lag auf dem Dach des Hochhauses, in dem der Sender untergebracht war. Es hatte den ganzen Morgen heftig geschneit, und noch war kein Ende in Sicht. Ein kalter Wind wehte uns entgegen und scharfkantige Schneeflocken ritzten meine Haut wie winzige Ninjasterne.

»Welcher Wagen?« Armin deutete auf die drei Autos direkt vor uns. Wie alles andere waren auch sie komplett eingeschneit. Der Form nach war eines ein Kombi, die beiden anderen sahen nach Kleinwagen aus. Kamille drückte auf den Autoschlüssel, und der Scheinwerfer des Kombis blinkte auf. Armin lief los und schippte den Wagen mit bloßen Händen frei. Zum Glück lag der Schnee locker, es gab kein Eis, das er hätten kratzen müssen.

Shane öffnete die hintere Beifahrertür und bugsierte Kamille ins Auto. Ich hatte den Autoschlüssel an mich genommen und sprang auf den Fahrersitz. Es war der Dienstwagen der gesamten Redaktion, ich fuhr ihn so gut wie nie. Dementsprechend lange brauchte ich, bis ich die passende Sitzposition gefunden hatte. Im Wagen roch es nach Apfelsinen und Zimt, allerdings in einer eklig künstlichen Duftbaumvariante. Ich kontrollierte den Rückspiegel und entdeckte Armin, der neben der geöffneten Fahrertür stand. Er grinste.

»Wenn wir uns wiedersehen, bist du schon Tante.«

»Ich kann's kaum erwarten«, gab ich zu.

»Melde dich, wenn dir danach ist.« Er beugte sich runter und winkte Kamille auf der Rückbank zu. »Alles Gute für die Geburt!«

Kamille lächelte schnaufend. »Danke! Besuch uns mal die Tage.«

»Bis ganz bald«, sagte ich und zog die Tür zu. Fast zeitgleich sprang Shane auf den Beifahrersitz. Armin klopfte zum Abschied aufs Dach, dann startete ich den Wagen und fuhr los.

Unten auf den Straßen war zum Glück kaum was los. Es war zwar noch hell, aber ich konnte trotzdem kaum sehen. Überall lag Schnee, er fiel vom Himmel und lag auf den Wagen, den Gebäuden und Bäumen, den Radfahrern und Fußgängerinnen.

Neben mir zückte Shane sein Handy und informierte Gerta. Sie machte sich sofort auf den Weg, um alles für die Geburt vorzubereiten. Als ehemalige Hebamme wusste sie genau, was zu tun war. Den Wohnungsschlüssel hatte sie schon, denn Kamille bewahrte ihren Ersatzschlüssel seit Jahren im Kräuterhimmel auf.

Ich parkte das Auto auf dem Bürgersteig direkt vor unserer Haustür. Shane flitzte aus dem Wagen, riss die Hintertür auf und hob Kamille raus. Ich half den beiden in den Hausflur, dann lief ich zum Auto zurück. Der Redaktion schickte ich eine Sprachnachricht, in der ich Kamille für die nächsten Tage krankmeldete. Holger schrieb ich, dass ich mir für den Rest des Tages freinahm. Sollte er damit ein Problem haben, würde ich mich morgen darum kümmern.

Dann fuhr ich los, um das Auto zu parken. Schon in der nächsten Querstraße beschenkte mich das Universum mit einem Der-ist-so-riesig-da-kannst-du-sogar-vornrum-einparken-Parkplatz. Nicht mal drei Minuten später stand ich wieder auf dem Bürgersteig vor der Haustür.

»Brennt's? Oder trainierst du für Olympia?«

Remy. Auf dem Kopf trug er diesmal eine grobgestrickte, hellgrüne Wollmütze, dazu einen knielangen schwarzen Mantel, unter dem er ein grünes Hemd trug. Die drei oberen Knöpfe standen offen und auf seiner winterweißen Haut baumelte an einer protzigen Kette der kinderfaustgroße Türkis, der Shane und dem Baby so gefährlich werden konnte. Ich musste das hier abkürzen, wenn ich die Geburt nicht verpassen wollte.

»Sorry, hab überhaupt eine Zeit. Kamille kriegt ihr …« Ich presste die Lippen zusammen. Als Wächter sollte er von dem Baby ja erst mal nichts wissen. »Wie geht's Viola?«, wechselte ich das Thema. Wie aufs Stichwort verloren seine Augen den wenigen Glanz, der in ihnen gefunkelt hatte.

»Der geht's gut«, antwortete er. »Sie ist im Rathaus.«

Es war offensichtlich, dass hinter dieser harmlosen Antwort eine Geschichte lag, die mir nicht gefallen würde. Was aber viel wichtiger war: Oben in der WG holte Gerta gerade mein Patenkind auf die Welt.

»Ich muss hoch«, sagte ich deshalb mit Nachdruck. »Lass uns ein anderes Mal sprechen, okay?«

Er vergrub die Hände in den Manteltaschen und zog den Kopf ein. Erst jetzt bemerkte ich, dass er vor Kälte zitterte. Das kam davon, wenn man im tiefsten Winter keinen Schal trug, sondern einen protzigen Edelstein auf nackter Haut.

»Ist noch was?«, fragte ich ungeduldig und wunderte mich, dass ich plötzlich so wütend auf ihn war. Er konnte ja nichts dafür, dass der Stachel ihn so veränderte.

»Ich muss dir was sagen. Dauert nur eine Minute«, schob er nach. Ich zögerte. Ich wollte die Geburt unbedingt mitbekommen. Aber ich wollte dabei nicht die ganze Zeit darüber grübeln, was er mir wohl hatte sagen wollen.

»Zwei Minuten, dann muss ich hoch.«

Remy verzog den Mund zu einem Lächeln. Aber wie so oft blieben die Augen davon unberührt.

»Viola hat mir einen Antrag gemacht.«

Seine Worte waren wie ein Schock. Die zwei wollten heiraten? Bitte, bitte, nicht!

»Hast du angenommen?«

Er sah mir nicht in die Augen, sondern fingerte stattdessen an seinem blöden Türkis herum.

»Viola will mich nicht verlieren«, sagte er. Die Wut in mir wuchs ins Unendliche: als ob mich das interessierte! »Sie geht nicht zurück nach Kanada. Sie liebt mich mehr als ihre Karriere. Sie steigt in meinen Laden ein.«

Remys Worte rieselten wie Puderzucker durch meine Ohren, alles, was hängenblieb, war: *sie*.

»Also hast du ja gesagt.« Mein Herz fühlte jetzt komischerweise nichts mehr. Nicht mal meine Schmetterlingsbrut reagierte. Wenn ich genauer darüber nachdachte, spürte ich sie schon eine ganze Weile nicht mehr. Auch die heiße Wut, die mich gerade noch ausgefüllt hatte, war verschwunden. Endlich hob er den Blick. Seine Augen waren nass vor Tränen.

»Bitte glaub mir, dass ich nicht mit dir gespielt habe. Ich lie–« Er brach ab und setzte neu an. »Ich empfinde sehr viel für dich. Wenn ich Viola nicht …«

In diesem Moment bekam Kamille das Baby. Woher ich das wusste? Ich konnte es sehen! Also nicht die Geburt, sondern den Geburtskorridor. Er wuchs wie eine Seifenblase aus Kamilles offenem Schlafzimmerfenster im vierten Stock heraus. Erst sah ich nur Odins Raben in der Blase, aber als die Blase so groß war, dass sie uns und den Boden berührte, entdeckte ich weitere Wesen aus der WELT. Schon bald umschloss der Korridor das Haus, den Bürgersteig und die Bushaltestelle auf der gegenüberliegenden Straßenseite. Drüben zog ein Zwerg eine Fahrkarte, hinter Remy flirteten zwei Riesinnen, und ein Wesen, das ich nicht einordnen konnte, fuhr auf einem Lastenrad an uns vorbei.

Und dann sah ich den Stachel, der in Remys Herz steckte. Er ragte wie ein überdimensionaler Dorn aus seinem Brustkorb. Ohne einen zweiten Gedanken riss ich Remys Hemd weiter auf.

»Hey! Was soll das werden?« Er sah mich irritiert an. Neugier und Abwehr lagen in seinen Augen, aber ich hatte für beides nicht den Kopf.

»Stillhalten«, sagte ich.

»Habt ihr kein Zuhause?«, johlte ein menschlicher Teenager von der Bushaltestelle gegenüber. Der Zwerg neben ihm lachte dreckig. Ich ließ mich nicht beirren und zog am Stachel. Er bewegte sich kein Stück.

»Aua!« Remy klang eher empört als verletzt. »Was hast du gemacht? Verteilst du jetzt Stromschläge?« Er schob mich von sich.

»Ist eine Art Reiki«, improvisierte ich. »Vertrau mir.« In meinem Kopf überschlugen sich die Gedanken. Der Stachel hatte sich nicht bewegt. Genau so wenig wie vorhin die Holztür zum Parkdeck. Armin dagegen hatte sie leicht aufbekommen. Vielleicht, weil er die Holztür nicht wahrgenommen und stattdessen die normale Tür geöffnet hatte? Ich dagegen hatte die Holztür gesehen, so wie jetzt den Dorn. Vielleicht musste ich mein Gebo benutzen, um Dinge zu bewegen, die aus der WELT stammten? Ich stellte mir vor, wie ich Remy den Stachel zog, genauso, wie ich mir in der WELT die Dinge erträumte. Gleichzeitig zog ich mit beiden Händen an dem Dorn. Und ... es funktionierte! Der Stachel bewegte sich! Kaum hielt ich das handtellergroße Ding in der Hand, zerbröselte es zu Asche. Remys Blauaugen weiteten sich und gewannen langsam an Farbe. Mit den Händen tastete er fassungslos seinen Brustkorb ab.

»Was hast du gemacht?«

»Heirate sie nicht«, sagte ich statt einer Antwort. »Ich weiß, dass du dich Viola gegenüber verpflichtet fühlst. Aber kannst du jetzt bitte versuchen, auf dein Herz zu hören?«

KEINE KRAFT MEHR

Antons Hände und Füße schmerzten vor Kälte, sein Bauch grummelte vor Hunger und Durst. Er hatte den Wald der Wacholderhexe weit hinter sich gelassen. Merkwürdigerweise hatte er ohne Schwierigkeiten herausgefunden. Die blauschwarze Hexe war ihm nicht begegnet, nur ihre unheimliche Stimme hatte ihn verfolgt. Doch anstatt ihm seinen Verrat vorzuwerfen und dafür zu sorgen, dass er sich rettungslos in der Tiefe des Waldes verirrte, hatte sie ihn herausgetrieben.

Anton folgte dem Bachlauf, der sich aus dem Hexenwald herausschlängelte und nach und nach zu einem größeren Gewässer angeschwollen war. Erst, als seine Füße ihn nicht mehr tragen konnten, sank er zu Boden. In dem Augenblick, in dem er die Erde berührte, spürte er die Magie der Steine durch seine Handflächen pulsieren. Auch das war ihm ein Rätsel. Wieso war die Magie zu ihm zurückgekehrt? Bei seinem ersten Besuch im Hexenwald hatte ihn das Gebo der Steine verlassen. Am GAP hatte er es zwar nutzen können, aber nur, weil Balder seine Finger im Spiel hatte. Warum konnte er jetzt wieder darüber gebieten? Er dachte an Brigid. Wie tot hatte sie dagelegen. Sie würde den Rest ihres Lebens im Dämmerschlaf bleiben, nur weil Balder sie als Pfand brauchte, um Anton weiterhin an sich zu binden. Er ballte die Fäuste und brüllte seine Ohnmacht in den düsteren Himmel.

»Noch kannst du die Dinge ändern.«

Der MEISTER DER METAMORPHOSE hockte neben ihm. Seine dunkelblauen Augen funkelten bedrohlich im matten Licht der Sterne. Doch Anton hatte keine Kraft mehr, sich vor Loki zu fürchten.

»Wenn du mich umbringen willst, stell dich hinten an. Der Berserker und die Träumerin haben sehr viel mehr Grund dazu.«

Loki lächelte schief. »Selbstmitleid bringt dich nicht weiter. Wir alle haben unser Schicksal zu bewältigen. Nur so kann sich die Prophezeiung erfüllen.«

Anton spitzte die Ohren. Hoffnung keimte in ihm auf.

»Dann ist es nicht vorbei? Surt ist nicht verloren?«

»Nicht, wenn jeder von uns seine Bestimmung erfüllt.«

Anton dachte an Balder und den Dämonenfürsten. Er hatte seine Bestimmung verraten, als er mit ihnen paktierte, um Brigid zu retten.

»Ich wollte das nicht« bereute er. »Ich wollte den EINEN nicht hintergehen. Ich wollte nur meine Frau retten.«

Loki beugte sich zum Bachlauf, schöpfte mit einer Hand etwas Wasser und hielt es Anton hin.

»Das wird dir helfen, deinen Weg zu finden.«

Das Quellwasser war lauwarm und salzig. Da war noch ein anderer Geschmack, aber Anton kam nicht darauf, welcher. Alles begann sich zu drehen, und als er wieder zu sich kam, war Loki verschwunden, und Brigid saß neben ihm im Gras. Sie sah aus wie immer, nur ihre hellbraunen Augen hatten einen leichten, dunkelblauen Schimmer. Antons Herz klopfte, als wollte es aus seiner Brust springen.

»Bist du es wirklich?«, flüsterte er. »Oder träume ich?«

Brigid nahm seine Hand und führte sie an ihre Wange. Ihre Haut war ihm so vertraut, sie fühlte sich so weich und

lebendig an. Alles wollte er dafür tun, damit sie zu ihm zu-
rückkehrte.

»Ich werde dich retten«, versprach er ihr mit neuer Zuversicht, »ganz egal, was es mich kostet.«

Brigid schüttelte traurig den Kopf. »Was du getan hast,
war falsch. Aber es war so bestimmt. Doch jetzt steht es dir
frei, selbst zu entscheiden. Du hast die Wahl zwischen der
FINSTERNIS und der Rückkehr des EINEN.«

Anton wollte das nicht hören. »Selbst wenn ich helfen könnte, Surt zu retten: Balder wird mich zwingen, ihn zu töten.
Und wenn ich es nicht tue, wirst du nie wieder aufwachen.«

Brigid lächelte. Die Grübchen, die sich dabei in ihren
Wangen bildeten, ließen Anton an die schönen Momente
ihres Beisammenseins denken. Er vermisste sie so sehr.
Ohne sie hatte er keinen Halt, kein Ziel, keine Freude.

»Anton, du musst annehmen, was nicht mehr zu ändern
ist«, flüsterte sie nachsichtig. »Du hast mich schon längst
verloren. Egal, was Balder dir verspricht, er wird es nicht
einlösen.«

»Das kannst du nicht wissen«, widersprach Anton
aufbrausend. »Er wird sein Wort halten. Er muss es einfach!«

Brigid kraulte seinen Bart, so wie sie es immer getan hatte,
wenn ihm die Galle überlief. Tränen tropften aus seinen Au-
genwinkeln.

»Wenn du den EINEN tötest und die Hoffnung auf die
NEUE WELT zerstörst, wie sollten wir damit leben können?
Weder du noch ich würden jemals wieder glücklich sein.«

Sie hatte recht. Anton zog Brigid an sich und vergrub sein
Gesicht in ihrer Halsbeuge. Sie roch nach Äpfeln und Nel-
ken, diesen Duft wollte er niemals vergessen.

»Lass mich los«, flüsterte sie und wieder drehte sich alles. Als
er zu sich kam, hockte wieder Loki neben ihm auf der Wiese.

»Du hast dich richtig entschieden«, sagte der MEISTER DER METAMORPHOSE. Anton wischte sich die Tränen aus den Augen. Brigid fehlte ihm. Er wusste nicht, wie er ohne sie glücklich sein sollte.

Ein heftiger Wind kündigte Odin an. Der alte Ase stützte sich auf seinen mannshohen Wanderstab, dessen Holz mit verschiedenen Runen verziert war.

»Er hat das Licht gewählt«, begrüßte ihn Loki. Odin nickte zufrieden. Seine Aura hob sich deutlich ab von der alles überschattenden Dunkelheit. Der Ase tat einen Schritt auf Anton zu und legte ihm die Hand auf die Schulter.

»Die Runen sagen, dass du das Zünglein an der Waage bist. Mit dir an unserer Seite ist die NEUE WELT immer noch möglich.«

Anton schwieg. Eine NEUE WELT ohne seine Frau erschien ihm ebenso düster wie die FINSTERNIS. Doch dann dachte er daran, wie stolz Brigid auf ihn wäre, wenn er dazu beitrüge, Balder und den Dämonenfürsten zu besiegen.

»Was muss ich tun?«

Anstelle einer Antwort hieb Odin den Wanderstab auf den Boden, und die WELT, wie sie war, verwischte wie ein Bild im Regen.

Als die Farben wieder zu festen Strukturen zusammenflossen, fand sich Anton in einem hohen Raum wieder. Kreuz und quer liefen Fäden von rechts nach links, von oben nach unten, von vorn nach hinten. An einem Spinnrad in der Mitte saß eine kleine, faltige Frau. Das musste Urd sein, die Älteste der NORNEN. Neben ihr stand eine junge Frau mit verschiedenfarbigen Augen. Sie hielt ein Messer in der Hand und griff nach einem der Fäden. Das war sicher Skuld, Urds Enkelin. Und die vielen Fäden, die den Raum wie ein riesiges, dicht vibrierendes Spinnennetz ausfüllten, waren die Lebensfäden aller Wesen der WELT. Skuld winkte zur Begrüßung und zog sich zurück. Der Faden, den sie gerade fast durchtrennt hatte, blieb unversehrt. Anton fröstelte, als er sich vorstellte, dass es Brigids Lebensfaden war.

»Urd, du siehst besser aus«, begrüßte Odin die alte Frau.

»Wie das blühende Leben«, pflichtete Loki ihm bei. Die alte Norne kicherte und erhob sich. Urd nahm erst Odin, dann Loki in den Arm. Neben ihnen wirkte sie winzig und schutzbedürftig. Doch Anton wusste, dass sie nicht zu unterschätzen war.

»Du scheinst auch wieder an Kraft gewonnen zu haben, alter Wanderer.« Urd klopfte Odin an die Brust und wandte sich dann an Anton.

»Und du bist also der Meister der Steine, der helfen soll, den EINEN zurückzuholen.«

Anton sah sie beklommen an. Es hieß, die NORNEN seien unberechenbar. Besser, er sagte nichts, wenn er Urd nicht gegen sich aufbringen wollte. Die Norne tippte ihm mit einem knöchrigen Zeigefinger gegen die Stirn.

»Noch so einer, der die Zähne nicht auseinanderkriegt«, murmelte sie kopfschüttelnd.

»Sei nicht so streng. Das alles ist nicht einfach für ihn«, sprang Odin ihm zur Seite. »Er hat seine Frau verloren.«

»Balder hat sie in seiner Gewalt«, ergänzte Loki.

Antons Kehle fühlte sich an wie zugeschnürt. »Brigid liegt im Dämmerschlaf«, krächzte er heiser. »Und wenn ich helfe, den EINEN zu retten, wird Balder sie niemals erwachen lassen.«

Loki und Odin sahen einander besorgt an. Sicher fürchteten sie, dass Anton die Gefährten wieder verraten würde.

»Dem Goldenen ist nicht zu trauen«, sagte Urd mitfühlend. Dabei sah sie ihm fest in die Augen und durchforstete seine Seele. »Selbst wenn du tust, was er von dir verlangt, ist nicht sicher, dass du deine Frau wiedersehen wirst. Also überlege dir gut, wie du handeln wirst, wenn es so weit ist.«

ZUM NIEDERKNIEN STUPSIG

Gerta saß im Sessel neben Kamilles Bett und wiegte das Baby in den Armen. Dabei summte sie ein Lied, das traurig, wehmütig und hoffnungsvoll zugleich klang. Toni machte dabei keinen Laut, ich sah nur die kleinen, energisch wedelnden Ärmchen. Kamille beobachtete die beiden glücklich. Sie wirkte erschöpft, hatte aber nie strahlender ausgesehen. Als wäre sie von einer Aura aus goldenem Licht umgeben. Der Korridor hatte sich wieder geschlossen, das Dämonische in Kamilles Augen war verschwunden.

»Was stehst du da so rum?« Sie klopfte neben sich aufs Bett. Ich warf einen Blick auf Gerta, die weiter das traurige Lied für Toni summte.

»Wie war die Geburt?«, fragte ich und ließ mich neben Kamille aufs Bett fallen.

»Keine Ahnung. Meine Erinnerung setzt in dem Moment ein, in dem Gerta mir Toni in den Arm gelegt hat«, lachte Kamille. Shane kam herein. Er trug ein Tablett mit Gläsern, Obst und einer Wasserflasche. Ich stand wieder auf und sah mir das Baby genauer an. Toni hörte aufmerksam zu, während Gerta sang. Die kleine Nase war zum Niederknien stupsig. Die Haare waren rabenschwarz, die Ohren auffällig spitz und die Augenbrauen zusammengewachsen. Doch weitaus krasser als die phänomenale Behaarung waren die wachen, kohlrabenschwarzen Augen. Toni war gerade erst geboren, aber das Wesen, das mich da ansah, war sehr viel älter.

Shane stellte das Tablett ab und baute sich neben mir auf. Wir konnten uns beide nicht sattsehen an seinem Kind. Toni war so hell wie Kamille, mit Augen, die so dunkel waren wie die von Shane. Die Augenfarbe war vermutlich endgültig, aber das mit der Haut sicher nur eine Momentaufnahme. Direkt nach meiner Geburt hatte man mir nicht ansehen können, dass ich Schwarz war, erst mit der Zeit war meine Haut nachgedunkelt. Ich schätzte, dass es bei Toni ebenso sein würde. So, wie das Baby jetzt aussah, würde es also nicht lange aussehen. Schon gar nicht, wenn es in den nächsten zwei Wochen täglich um ein Jahr alterte.

»Ich habe Remy den Stachel gezogen. Gerade. Unten vor dem Haus«, platzte es aus mir raus. »Ich konnte den Dorn sehen, als der Korridor uns geschluckt hat.«

Shane sah mich alarmiert an. Sofort sackte mir das Herz in die Knie.

»Hast du den Stachel vollständig entfernt? Da ist kein Splitter steckengeblieben?«

»Ich glaube nicht«, antwortete ich nicht mal mehr halb so euphorisch. »Warum? Was wäre schlimm daran?«

»Wenn du den Stachel nicht ganz entfernt hast, kann er sich nie ganz auf dich einlassen.«

Später in der Nacht rotierten meine Gedanken. Inzwischen war ich mir fast sicher, dass ich einen großen Fehler gemacht hatte und ein Stück von dem Dorn in Remys Herz steckengeblieben war. Meine Versuche, mich in die WELT zu träumen, gingen allesamt schief.

Entsprechend gerädert fühlte ich mich am nächsten Morgen. Ich hatte kaum geschlafen und dass Remy sich noch nicht gemeldet hatte, verdarb mir endgültig die Laune. Entweder hatte ich ihm tatsächlich nicht den ganzen Stachel gezogen – oder seine Gefühle für mich waren auch ohne den Bann einfach nicht tief genug.

Als ich in die Küche kam, saß Kamille am Esstisch und hatte Toni auf der Hüfte sitzen. Sofort hob sich meine Stimmung. Es roch nach Kakao-mit-Zimt-und-Chili und auf dem Tisch stand ein Teller mit Apfelvierteln neben einem Gläschen mit Apfelkompott.

»Hast du durchgemacht?«, begrüßte sie mich. Ich wollte antworten, brachte aber nur ein verblüfftes Krächzen zustande. Das Baby sah gar nicht mehr aus wie ein Baby, sondern wie ein Kleinkind, das schon stehen und bald sogar laufen konnte. Toni war über Nacht mindestens dreißig Zentimeter gewachsen, schätzte ich. Die schwarzen Haare waren sehr viel länger geworden und zu einem Knoten auf dem Kopf gebunden, so wie bei den Schwertkämpfenden in chinesischen Martial-Arts Filmen. Auch Tonis Haut hatte sich verändert. Sie war heute schon deutlich dunkler, allerdings immer noch heller als meine.

»Dein Kind ist ja riesig geworden«, staunte ich.

»Du musst mal sehen, wie Toni wächst. Spooky.« Kamille flüsterte unnötigerweise, dabei war der kleine Fratz hellwach. »In Schüben, mal passiert stundenlang gar nichts und dann mutiert Toni wie der Hulk. Allerdings immer nur nachts, wenn das Mondlicht auf den Körper fällt.« Sie lächelte, dann verzog sich ihr Gesicht wehmütig. »Schon schade, dass diese Babyzeit so vorbeirauscht. Ich kann mich gar nicht richtig sattsehen.«

Ich schaute mir den Mini-Hulk genauer an. Dieser niedliche Mund, die süße Nase, getoppt von den wildesten Augenbrauen, die man sich denken konnte.

»Hast du diese Wachstumsschübe gefilmt?«, fragte ich und ließ Toni dabei nicht aus den Augen. Leider war der Löffel mit Apfelmus, den Kamille hielt, viel interessanter.

»Shane und ich haben entschieden, dass wir keine Videos oder Fotos machen. Aus all dem könnten die Leute schließen, wie schnell Toni wächst. Nur ganz normale Schnappschüsse sind erlaubt, möglichst vor neutralem Hintergrund. Keiner darf mitkriegen, was los ist.«

»Gute Idee«, fand ich. »Nicht auszudenken, wenn die Medien was mitkriegen. Wir könnten nicht mehr in Ruhe aus dem Haus gehen.«

»Also halten wir erst mal die Füße still«, beschwor mich Kamille. »Erzähl niemandem von dem Baby. Toni bleibt in der Wohnung, bis sich das mit dem schnellen Wachsen normalisiert hat. Und dann gucken wir, was wir meiner Familie und den Leuten im Sender für eine Story auftischen.«

Knapp eine Stunde später saß ich im Vorgespräch mit Frieder von Sörensen, dem Vermessungsingenieur und Geomantie-Experten, auf den Kamille sich so freute. Dass sie ihn in der nächsten Woche tatsächlich interviewen würde, hielt ich allerdings für unwahrscheinlich, auch wenn Shane stur darauf beharrte, dass Kamille dann schon wieder arbeiten gehen konnte.

Ich war neugierig, was von Sörensen zu erzählen hatte. Trotzdem hatte ich Schwierigkeiten, mich zu konzentrieren. Immer wieder dachte ich an Toni, an Remy und an Surt, der weiter spurlos verschwunden blieb. Mein Füller notierte Stichworte auf die karierten Blätter in meinem Notizbuch, daneben scribbelte ich Kringel, Kästchen und Pfeile.

Sörensen war groß und schlaksig und schaute wie ein Adler auf mich herab, die Beine übereinandergeschlagen, die Ellenbogen auf die Sessellehnen gestützt und die Hände unter dem Kinn gekreuzt. Er trug buschige Koteletten, die ihm bis zu den tiefsitzenden Ohrläppchen reichten und hatte dazu passende, borstige Augenbrauen. Mit einem Zylinder hätte er perfekt in die Zeit von Abraham Lincoln gepasst. Ich schätzte ihn auf Mitte Fünfzig. Sein Haar war grau und stoppelig, ebenso sein Bart, die Haut war faltig und schimmerte besonders um die Augen fleckig gelb. Trotzdem schien er sehr vital zu sein. Auffällig waren seine kugelrunden Fingerkuppen, an denen krallenförmige Nägel klebten.

»In der Wissenschaft werden meine Theorien natürlich als Humbug abgetan«, hörte ich ihn sagen und notierte »Humbug?«.

»Alles Wissen, das nicht auf empirisch wiederholbaren Ergebnissen beruht, wird verteufelt. Es gilt als unwissenschaftlich, ja sogar ketzerisch«, zwinkerte Frieder mir zu. »Im Grunde sind Kirche und Wissenschaft zwei Symptome desselben Problems.« Er lachte und klopfte sich auf die Oberschenkel, dann wurde er wieder ernst. »In der Ablehnung des Undenkbaren offenbart sich die Ignoranz des Gebildeten.«

Ich schaute auf mein Blatt und beobachtete, wie meine Hand einen Kreis malte. Sie schrieb »Ignoranz des Gebildeten« hinein und zog von dort eine Verbindung zum »Humbug«.

»Wie hängen die Erdbeben denn Ihrer Meinung nach mit der germanischen Mythologie zusammen?«, fragte ich.

Frieder spitzte den Mund und kniff die Augenbrauen zusammen. Sie sahen aus wie zwei Raupen, die aufeinander zukrochen.

»Sie stellen die falsche Frage«, lächelte er dünn. Ich lehnte mich zurück. Etwas an seinem Tonfall sagte mir, dass jetzt ein langer Monolog folgen würde. »Die Physik und die Religionswissenschaft erleben gerade eine Zeitenwende. Viele Theorien und Modelle erweisen sich als unhaltbar. Das Wunder, die Magie, das Unerklärliche fällt in die Realität ein.« Er machte eine Kunstpause. »Man könnte auch sagen: Der Gorilla, der schon immer unter uns tanzt, wird endlich sichtbar. Unser Weltbild, das jahrhundertelang das Fundament unseres kollektiven Selbstverständnisses war, bröckelt. Dahinter offenbart sich eine beängstigende Wahrheit: Wir haben uns auf ein Detail fokussiert und dabei das große Ganze übersehen.«

Ich lächelte stumm und schrieb: »Gorilla = wir werden sensibler«. Intern dankte ich meiner Angewohnheit, jedes Vorgespräch auch mit meinem Handy aufzunehmen. Es war also nicht so schlimm, dass ich den Großteil seiner Antworten nicht hundertprozentig begriff. Beim zweiten Hören würde hoffentlich der Groschen fallen.

»Wie kann ich mir das große Ganze vorstellen?«, hakte ich nach.

»Dazu kann ich drei Dinge sagen. Erstens: Das Ganze ist mehr als die Summe seiner Teile. Aristoteles, wenn ich mich nicht irre. Oder doch Platon? Egal. Zweitens: Nichts ist wirklich getrennt voneinander. Immer dort, wo zwei Möglichkeiten aufeinandertreffen, gibt es einen Bereich, in dem beides gleichzeitig existiert.«

Ich malte zwei Pfeile, die an den Spitzen aneinanderstießen und darüber ein Fragezeichen.

»Denken Sie sich zum Beispiel eine Wand«, fuhr Sörensen fort. »Sie ist gestrichen, mit einer sehr guten Rolle, abwechselnd schwarze und weiße Streifen, perfekte Handwerksarbeit.«

Vielleicht eine gute Idee für den WG-Flur, überlegte ich.

»Sehen Sie die Wand vor sich?« Ich bejahte. »Dann stellen Sie sich jetzt mal in Gedanken ganz nah davor. Viel näher. Sie müssen so nah ran, dass Sie die einzelnen kleinen Farbpunkte sehen, die die Rolle auf die Wand gemalt hat.«

Ich versuchte es mir vorzustellen.

»Und jetzt gehen Sie noch näher ran. Schauen Sie durch ein Mikroskop. Sehen Sie die Linie, wo weiß auf schwarz trifft? Dann sehen Sie auch, dass es da einen Bereich gibt, der weder das eine noch das andere ist. Egal, wie gut sie abgeklebt haben, finden sie dort schwarze und weiße Farbpunkte vor, die sich vielleicht sogar vermischt haben. Zwischen den Extremen Weiß und Schwarz gibt es also undefinierte Bereiche. Hier ist die Wand per Definition weder schwarz, noch weiß, sondern irgendetwas dazwischen.« Er lachte. »Genau diese Unbestimmtheit muss Schrödinger so irritiert haben, dass er auf das Gedankenexperiment mit der Katze gekommen ist. Natürlich wissen wir, dass es völlig unmöglich ist, dass eine Katze lebt und gleichzeitig tot ist, bis die Truhe geöffnet wird.« Er hob den Finger. »Allerdings gilt das nur für die makroskopische Ebene.«

Ich lachte höflich und malte eine Katze zwischen zwei Käsekästchen, von denen ich eines schwarz ausmalte. Ich verstand nicht mal die Hälfte von dem, was von Sörensen sagte.

»Wenn sie sich von der Wand entfernt haben, würden die meisten vergessen, dass es da einen unbekannten Farbton gibt, der weder schwarz noch weiß ist. Oder umgekehrt: Die wenigsten würden ihre Perspektive aus eigenem Antrieb um einen unbekannten Farbton erweitern.«

Jetzt hatte er es endgültig geschafft. Ich war raus. Auf meinen Block notierte ich mir die Worte: »Kamille NICHT mit Frieder über Katzen, Farben oder Wände sprechen lassen!!!«

»Wie lautet ihre These zu den Erdbeben im Dom?«, wechselte ich das Thema. »Können Sie die in wenigen Sätzen zusammenfassen?«

Sörensen überlegte nicht lang.

»Im oder unter dem Kölner Dom befindet sich einer der mächtigsten Kraftorte Europas. Die holistisch ausgerichtete Gesellschaft der Geomantie hat dazu in den Neunzigerjahren des letzten Jahrtausends einige Experimente gemacht.

Aber auch ohne diese Messergebnisse lag es auf der Hand: Lange bevor der Dom gebaut wurde, standen an diesem Ort immer wieder Kirchen und Tempel für die verschiedensten Götter und Wesenheiten.«

Ich malte einen Smiley mit einem Heiligenschein und schrieb »Dom = Kraftort« auf.

»Ursprünglich, für eine lange Zeit, bevor die Germanen und Kelten einwanderten, wuchsen auf dem Gebiet des heutigen Deutschlands dichte Urwälder. Da, wo jetzt der Dom steht, stand früher ein heiliger Hain. Die Menschen, die damals hier lebten …«, er unterbrach sich, »aktuell geht man übrigens von einer von Frauen geführten Gesellschaft aus, die nicht auf Krieg, sondern auf Empathie und Kooperation beruhte, ist das nicht phantastisch?«

»Sehr interessant«, murmelte ich und malte ein paar Bäume, daneben Strichmännchen mit Busen.

»Diese Waldmenschen verehrten keine Götter, sondern Naturgeister und Naturerscheinungen«, sagte Frieder. »Unter anderem den Regenbogen. Dem galt ein bisher weitestgehend unerforschter Kult.«

Ich notierte »Regenbogen!« und dachte an Surt.

»Der Regenbogen und die Brücke …«, begann ich und bemerkte, dass ich keine Ahnung hatte, wie der Satz enden könnte. Frieder war trotzdem zufrieden.

»Exakt! Beides hängt zusammen!«

»Sagt das auch die germanische Mythologie?«

»In manchen alten Mythen gibt es Hinweise, dass der Regenbogen eine Brücke ist, die zwei Welten verbindet. Wenn wir uns die Bedeutung »Brücke« physikalisch vorstellen, sind wir übrigens wieder in der Grauzone, in der die Wand weder schwarz noch weiß und Schrödingers Katze weder tot noch lebendig ist.« Er sah mich triumphierend an. Ich malte einen Regenbogen über die Katze. »Bei den Asen heißt die

Brücke Bifröst«, erklärte Frieder. In meinem Kopf schrillten die Alarmglocken. Jetzt war ich endgültig Feuer und Flamme. »Heimdall bewacht sie, einer der stärksten und verlässlichsten Asen. Sobald Heimdall den Feuerriesen entdeckt, der die Brücke in Schutt und Asche legen wird, bläst er in sein GJALLARHORN. Und das löst dann Ragnarök aus. Die Apokalypse in der germanischen Mythologie.«

Ich sortierte meine Gedanken. Das Ragnarök, von dem von Sörensen sprach, war definitiv nicht dasselbe, das meine Gefährten gerade durchlebten. Aber auch bei von Sörensen gab es einen Feuerriesen, der über die Brücke kommen sollte.

»Und aufgrund der Erdbeben gehen Sie davon aus, dass sich Bifröst im Dom befindet?« Ich versuchte mir nicht anmerken zu lassen, wie aufgeregt ich war.

»Haben Sie gar keine kritischen Fragen?« Frieder sah mich überrascht an. »Das Ganze klingt doch ziemlich unmöglich, finden sie nicht?«

»Ungefähr so unmöglich wie ein Gorilla, den keiner sieht, obwohl er ein Ballspiel crasht«, antwortete ich lässig. Frieder wackelte anerkennend mit dem Kopf. Dann kramte er in seiner Aktentasche, die neben seinem Sessel stand und zog einen zerfledderten Grundriss des Doms hervor.

»Wenn wir davon ausgehen, dass sich der Zugang zur Brücke dort befindet, wo sich die stärksten Beben ereignen«, sagte er und tippte auf das Papier, »dann ist Bifröst genau hier. Mitten im regenbogenbunten Richterfenster.«

116

DER FREMDE IM SPIEGEL

Armin starrte geschockt in den Spiegel auf dem Herrenklo. Bekam er jetzt auch noch Paras? Der Typ, der ihn da ansah, war definitiv nicht er.

»Bleib ruhig.« Sein Gegenüber hob die Arme. »Ich kann dir das erklären.«

Fuck. Sogar seine Stimme klang nicht mehr vertraut. Jetzt war er endgültig reif für die Klapse. Ihm wurde heiß, als ob er innerlich brannte. Eine schmerzende Hitzewelle schob sich aus dem Solarplexus die Arme runter bis in die Fingerspitzen. Es war, als stünde er in unsichtbaren Flammen. Er wollte atmen, doch es klappte nicht. Er erstickte!

»Ausatmen. AUS-atmen, Armin. Alles ist gut.«

Das Gegenteil stimmte. Nichts war gut. Er hatte Sina noch nicht gesagt, dass er sie liebte. Er wollte mit ihr zusammensein, egal wann oder ob sie sich überhaupt operieren ließ. Aber wie sollte er ihr das sagen? Es hatte einfach zu lange gedauert, bis er sich hatte eingestehen können, dass es ihm egal war, wie ihr Körper aussah. Dass er sie in jeder Form lieben würde. Und jetzt steckte er in der Best-Buddy-Nummer fest, die er seit Monaten fuhr. Dass er sogar die Freundschaft zu Josina aufs Spiel gesetzt und beinahe mit ihr geschlafen hatte, nur um sich selbst zu beweisen, dass er sich die Gefühle für Sina nur einbildete, schockierte ihn am meisten. Zum Glück hatte Kamille rechtzeitig dazwischengefunkt.

»Erde dich«, sagte der Fremde im Spiegel. Bis auf seine hellbraune Haut sah er aus wie das heroische Klischee aus einem Wikingerfilm, mit blondem Bart und schulterlangen, ebenfalls blonden, lockigen Haaren. Seine grünen Augen schimmerten intensiv und über seinem dritten Auge glühte, von einem Kreis umrahmt, eine auf der Spitze stehende Raute: die Rune INGWAZ. Armin zog ein Notfallbonbon aus der Hosentasche und legte es sich auf die Zunge. Gleich würde der Spuk vorbei sein. Und richtig: Nach und nach legte sich die Angst. Sein Herz schlug zunehmend ruhiger. Doch aus dem Spiegelbild über dem Waschbecken starrte ihn weiter das unbekannte Gesicht mit dem Tattoo zwischen den Brauen an.

»Wer bist du? Ein Germanengott?« Armin tippte sich ans dritte Auge und stellte sich breitbeiniger auf. Mal sehen, was passierte, wenn er sich von dieser absurden Situation nicht aus der Fassung bringen ließ.

»Ich bin Surt. Kein Gott. Ich komme zu dir, weil auch du das Zeichen des Feuers trägst.«

Armin dachte an das INGWAZ-Tattoo auf seiner linken Brust. Die Rune stammte aus dem älteren Futhark und stand für die Transformation, den spirituellen Weg und das Feuer der Inspiration. Schon oft hatte er sich für das Motiv verteidigen müssen, denn viele Menschen verbanden die Runen der Germanen nur noch mit den Nazis. Mit seinem Tattoo wollte er der politischen Aneignung dieser heiligen Runen durch Rassisten, Antisemiten und andere Menschenfeinde etwas entgegensetzen.

»Was willst du von mir?«

Bevor der Fremde im Spiegel loslegen konnte, öffnete sich die Klotür. Ein verschwitzter Glatzkopf mit Ziegenbart und Scooter-Shirt steuerte aufs Pissoir zu. Um nicht wie Falschgeld herumzustehen, drehte Armin den Wasserhahn auf und hielt die zitternden Hände unter den kühlenden Strahl. Ihm war immer noch unfassbar heiß. Von draußen hämmerten wummernde Elektrobeats gegen die Wände, er wollte tanzen, sich betrinken, Sina endlich seine Liebe gestehen. Der Glatzkopf kam zum Waschbecken, inspizierte seine Zähne und verließ den Raum. Armin drehte den Hahn zu und fokussierte sich wieder auf den Fremden im Spiegel.

»Du wolltest mir gerade erzählen, was du von mir willst. Schieß los.«

»Du musst eine Nacht mit Josina verbringen. So bald wie möglich.«

Armin hob abwehrend die Hände.

»No way.«

»Ist das ein Ja?«

»Pass auf«, begann Armin. »Ich mag Josina. Aber ich werde nicht mit ihr schlafen. Ich liebe Si…« Der Fremde schlug so hart gegen den Spiegel, dass der Rahmen schepperte. »Okay, okay. Es geht also nicht um Sex.«

Der Fremde im Spiegel verschränkte die Arme vor dem Körper. Seine hellbraune Haut war mit diversen Tätowierungen bedeckt. Eine Triskele aus Schlangenkörpern auf der rechten Brust war besonders schön.

»Du sollst neben ihr einschlafen«, sagte der Fremde, »mehr nicht. Ich muss mit ihr reden. Und das kann ich nur, wenn du schläfst und ich deinen Körper kontrollieren kann.«

In Armins Kopf überschlugen sich die Gedanken. Repräsentierte Surt sein Unbewusstes? Was wollte es Josina sagen? War er vielleicht nicht nur in Sina verliebt?

»Was willst du von Josina?«

Der Fremde im Spiegel beugte sich vor und sah Armin eindringlich an.

»Vertrau mir einfach. Je schneller du mir hilfst, desto schneller bist du mich los.«

ANFANG UND ENDE

Surt, der in Armin steckte, beobachtete, wie der ein schwarzes Glaskästchen aus der Hosentasche zog und darauf herumtippte.

»Ich krieg das schon hin, keine Sorge«, sagte Armin, ohne die Augen vom Kästchen zu nehmen, in dem bunte Symbole aufleuchteten. »Wie nennst du dich nochmal? Kurt?«

»Man nennt mich Surt.«

Armins Finger tippten weiter auf dem Kästchen herum. Die Oberseite war wie ein flüssiges Bild, sie veränderte sich ständig. Loki hätte sicher seine Freude daran.

»Nur, dass du es weißt: Wenn die Nacht mit Josina nichts bringt, geh ich freiwillig in die Psychiatrie. Nach ein paar Wochen Therapie bin ich dich garantiert los.«

Wie so oft in der Welt der Träumerin hatte Surt keine Ahnung, wovon die Rede war. Armin steckte das Kästchen weg und verließ den viel zu hellen Abort. Die Halle, in die er gelangte, war duster und neblig, durchzuckt von augenschmerzenden Blitzen. Ein überwältigend lautes Stampfen und Heulen schraubte sich in Surts Ohren. War das die Musik dieser Welt? Dazu roch es nach billigem Fusel, süßem Tabak und Schweiß. Männer, Frauen und uneindeutige Menschen standen herum, viele in kleineren Gruppen, doch die wenigsten sprachen miteinander. Die meisten hielten Gläser in den Händen und die Augen geschlossen, selbst diejenigen, die zu tanzen schienen. Eine Versammlung von

Menschen, in der fast jeder für sich war. Was für ein merkwürdiger Ort.

Armin zog das Kästchen erneut aus der Hosentasche. Es vibrierte und auf der Oberseite leuchtete das Bild einer blonden Frau. Das war Sina, die Frau, der Armins Herz gehörte. Er strich mit einem Finger über das Kästchen und hielt es sich ans Ohr.

Surt zog seine Aufmerksamkeit von der Welt der Träumerin ab und spürte in sich hinein. Sofort verblassten die Konturen und Farben vor seinen Augen, und bald war da wieder nur das Nichts. Er dachte an die Prophezeiung. Um sie zu erfüllen, musste er auf alles verzichten: Er hatte kein Haus gebaut. Keine Kinder gezeugt. Und auch seine Liebe für die Amazone hatte er nicht ausleben können. Er hatte sein Glück geopfert, in der Hoffnung auf eine NEUE WELT.

In der Welt der Träumerin geschah etwas, Armins Herz schlug schneller. Surt blinzelte und rieb sich die Augen. Sofort bildeten sich aus dem Nichts wieder Formen und Farben.

Armin stand an eine Säule gelehnt. Er umfasste Sinas Taille. Ihre Hände lagen um Armins Nacken, und ihr Mund formte sich zum Kuss. Ihre vollen Lippen waren weich und sanft, und Surt spürte das Kribbeln, das Armins Körper erfasste.

»Ich liebe dich«, sagte er. »Und ich will mit dir zusammen sein.«

»Ich liebe dich auch«, flüsterte sie und strahlte vor Glück. Neben ihnen grölten einige Männer und Frauen. In ihren Gesichtern stand Hass, Wut und der Wunsch, sich zu prügeln. Armin verkrampfte, doch Sina lächelte ihn beruhigend an. Sie warf den Pöbelnden einen abschätzigen Blick zu und küsste ihn ein zweites Mal.

Surt spürte, wie Armin sich entspannte. Ihm gefiel Sina, im Gegensatz zu Armin schien diese Frau das Zeug zu einer mutigen Kriegerin zu haben.

ABSACKER

Ich hatte ein Gesprächsprotokoll von meinem Vorgespräch mit Frieder von Sörensen angefertigt und eine Fra-
gen-Dramaturgie für Kamilles Interview geschrieben. Sie
musste verhindern, dass die Leute von Sörensen als esoteri-
schen Spinner abstempelten, deshalb war es wichtig, dass
erstmal klar wurde, dass er ein seriöser Ingenieur auf dem
Gebiet der Vermessungstechnik war. Erst, wenn die Leute
sich davon überzeugt hatten, sollte Kamille ihn auf seine
These zu Ragnarök ansprechen. Die Fragen zur mystischen
Bedeutung der Beben musste sie unbedingt hypothetisch
stellen. Zum Beispiel: Nehmen wir mal an, wir wären die alten Germanen. Wie würden wir die Beben im Dom deuten?
Jede Antwort darauf wäre okay. Egal, wie enthusiastisch von
Sörensen über Heimdalls GJALLARHORN oder Bifröst
sprechen würde, niemand würde davon ausgehen, dass er
tatsächlich an deren Existenz glaubte. Man würde ihn einfach nur für die deutsche Version dieses begeisterten Ägyp-
tologen halten, der im Fernsehen spannende Geschichten
über die Welt der alten Pharaonen erzählte.

Ich mailte das Protokoll und die Dramaturgie an Kamille
und durchsuchte dann das Netz nach dem Mythos um die
Regenbogenbrücke. Leider erzählten die wenigen guten
Texte, die ich fand, nichts anderes als das, was mir schon
von Sörensen erzählt hatte. Mein Gefühl sagte mir, dass ich
mich damit nicht eingehender beschäftigen musste, denn

das Ragnarök in den alten Schriften war definitiv nicht das Ragnarök, das Surts WELT bedrohte.

Irgendwann landete ich auf der Webseite des Kölner Doms. Eine aktuelle Ankündigung fiel mir sofort ins Auge: Die Kirche würde in den nächsten Tagen geschlossen bleiben. Fachleute aus dem In- und Ausland waren angereist, um die Beben genauer zu vermessen. Es würde also ein paar Tage dauern, bis ich mir das Fenster näher anschauen konnte.

Als mich das Rabbithole »Internet« wieder ausspuckte, war es kurz vor Mitternacht. Ich verließ den Sender durch die protzige Lobby, in der eine gelangweilte Wachfrau die Zeit mit Sudoku totschlug. Draußen vor der Tür empfing mich knackende Kälte. Es musste bis vor kurzem geschneit haben, denn die Schneedecke auf der Straße war bis auf wenige Spuren unberührt. Ich schwang mich aufs Rad und fuhr in der Reifenspur eines Autos nach Hause, denn auf den Radwegen türmte sich inzwischen der Schnee, der von den Straßen und Bürgersteigen weggeschippt worden war. Beim Fahren genoss ich die wattige Stille und atmete die kalte Luft.

In der WG, am Schlüsselbrett im Flur, fehlte Shanes Schlüssel, Kamilles Wintermantel hing am Haken neben der Tür. Ich ließ Tasche und Jacke fallen, kickte mir die Schuhe von den Füßen und betrat nach einem kurzen Umweg ins Bad das Wohnzimmer.

Dicke Kerzen flackerten, und der Geruch von Weihrauch lag in der Luft. Die Fenster standen weit offen, vor einem saß Kamille, mit Toni auf dem Arm. Die beiden kuschelten sich in unsere wärmste Sofadecke. Das intensive Mondlicht, das wie ein Spot auf Mutter und Kind fiel, erzeugte eine düstere Edgar-Allan-Poe-Stimmung. Ich schnappte mir die zweitwärmste Decke, schlang sie um meinen Körper und setzte mich neben sie. Toni war wach und starrte gebannt auf den fast kreisrunden Mond.

»Unfassbar«, flüsterte ich und produzierte dabei sichtbare Nebelwolken. »Toni sieht aus wie ein Kita-Kind.«

Kamille strich eine aberwitzige Locke aus der Kinderstirn. Die Haare hatten sich am meisten verändert: Sie waren jetzt gelockt und wirkten dadurch sehr viel kürzer als noch vor ein paar Stunden. Ich widerstand dem Impuls, sie anzufassen, denn ich hasste es ja selbst, wenn andere das bei mir machten. Toni hatte die ganze Zeit auf den Mond gestarrt, schloss aber jetzt die Augen.

»Ich geh Montag wieder arbeiten«, sagte Kamille unvermittelt. Ich zweifelte daran, dass das eine gute Idee war.

»Willst du nicht besser ein, zwei Wochen dranhängen?«

»Ich fühl mich gut«, beruhigte sie mich. »Außerdem sind die Chefin und Holger gar nicht begeistert, dass ich so kurzfristig ausfalle.«

Toni drehte den Kopf und heftete die schwarzen, vorwurfsvollen Augen auf mich. Ein drückendes Gefühl von Schuld überrollte mich. Es war so intensiv, dass mir die Luft wegblieb.

»Spürst du das auch, dieses Schuldgefühl?«, fragte Kamille überrascht.

»Ja! Macht Toni das mit uns?« Ich lächelte dem kleinen Wesen zu, doch es starrte mich weiter unbeeindruckt an. Kamille strich liebevoll über Tonis Brauen.

»Anscheinend ist das auch ein Teil des Gebos. Mein kleiner Schatz kann uns Emotionen fühlen lassen. Sei froh, dass du heute Mittag nicht da warst. Shane und ich haben erst stundenlang Rotz und Wasser geheult und dann wie die Irren gelacht. Mir tut jetzt noch jeder Muskel weh.«

Ich musterte Kamilles Kind fasziniert. Der süße Mini-Dämon schloss die Augen und augenblicklich verflog das schlechte Gefühl. Ich atmete erleichtert auf. Kamille küsste Toni auf die winzige Nase.

»Ich hatte gehofft, dass Toni erstmal nur mit Shanes und meinen Gefühlen spielt.«

»Hat Shane diese Fähigkeit vererbt?«

»Er kann nur Emotionen wahrnehmen. Anderen aufzwingen kann er sie nicht«, antwortete Kamille flüsternd, denn Toni schien eingeschlafen zu sein. Mein Handy vibrierte. Armin. Ich machte Kamille ein Zeichen und verließ das Wohnzimmer, um anzunehmen.

»Hey Armin!«

»Josina! Was geht?«

Im Hintergrund lief härtester Trap, ich konnte ihn kaum verstehen.

»In welchem Club steckst du denn?«

»Sina und ich sind im Veedelsclub!« Armin klang überglücklich. »Ich hab's endlich durchgezogen! Ich hab ihr gesagt, dass ich sie liebe.«

»Gratuliere!«, freute ich mich ehrlich. »Seid ihr jetzt zusammen?«

»Und wie wir das sind!« Seine Stimme klang, als würde er gleich platzen vor Glück. »Ich bring Sina jetzt nach Hause, sie muss morgen früh raus. Hast du Bock auf 'nen Absacker?«

»Aber nur, wenn du zu mir kommst«, gähnte ich in mein Handy. »Ich bin zu fertig, um nochmal rauszugehen.«

»Sicher, dass du nicht lieber direkt ins Bett willst?«

Auf keinen Fall wollte ich das. Ich würde eh nur wachliegen und mir den Kopf über Remy zerbrechen. Ob mit oder ohne Stachel: Er liebte mich anscheinend nicht genug, sonst hätte er sich längst gemeldet. Heute Nacht brauchte ich Nähe und Trost.

KONTROLLE

Als Armin eingeschlafen war, konnte Surt endlich über dessen Körper verfügen. Er öffnete Armins Augen und orientierte sich. Josina schlief neben ihm, den Kopf auf seiner Brust, die Beine bis zum Bauch angezogen. Sein Gebo flammte auf, als er daran dachte, wie sie in der QUELLE DER URD verschmolzen waren. Er empfand Liebe für die Träumerin.

Josina bewegte sich, ihre lockigen Haare kitzelten Armins unbehaartes Kinn. Dieser Mann, der so viel Angst vor seinem Leben hatte, schien keinen Bartwuchs zu haben. Seine Haut war weich und glatt wie die eines Jungen.

Die Träumerin schlug die Augen auf und lächelte ihn an.

»Wasnlos? Kannsenichschlafn?«

»Träumerin, ich bin's. Surt. Ich bin aus dem GAP in deine Welt gefallen.«

Josina schüttelte benommen den Kopf.

»Surt?« Sie gähnte, »Wie … ist das hier ein Traum?« Surt streichelte ihre Wange. Armins Hände waren geschmeidig und gut trainiert, genau wie seine sehnigen Arme. Vermutlich hätte er das Zeug zu einem geschickten Schwertmacher.

»Schbin wach …«, sagte sie.

»Hör mir zu, Träumerin. Ich brauche deine Hilfe.«

»Schnokay.« Sie nahm einen kleinen Kasten, der ähnlich aussah, wie das Kästchen, das Armin in seiner Hosentasche trug, hielt ihn dicht vor die Augen und klopfte darauf herum. »Kannschtartn. Schnemsauf.«

Surt dachte nur kurz daran, nach dem Sinn von Josinas Lauten zu fragen. Vielleicht war es eine Art Beschwörungsformel, die verhinderte, dass sie seine Worte vergaß.

»Ich muss mich beeilen. Armin mag es gar nicht, dass ich über seinen Körper verfüge. Er drängt danach, wieder aufzuwachen.«

»Dann leg los.« Josina setzte sich auf, Surt tat es ihr nach.

»Wie geht es den Gefährten? Wie sieht es aus in der WELT? Warum hat uns der Meister der Steine verraten?«

Josina gähnte erneut und streckte sich dabei. Sie trug ausgefallene Schlafkleider in blau und rot, mit dem Abdruck einer Spinne auf der Brust.

»Okay, ich mach's kurz«, antwortete sie. »Mit dir sind auch die Sonne und der Mond verschwunden. Die seelenlosen Schatten, die aus dem GAP entkommen sind, hängen wie dunkle Wolken am Himmel. Anton ist auf der Flucht, angeblich hat er uns verraten, weil Balder ihn erpresst. Es heißt, dass Hödur die Riesenbefreiungsfront unterstützt. Und Balder und der Dämonenfürst beherrschen zusammen die WELT. Der Berserker hat sich mit Odin und Loki zusammengetan, um dir bei der Rückkehr zu helfen. Sie werden angeführt von einer kratzbürstigen Feuerriesin, die bis vor Kurzem selbst Apokalyptikerin war.«

»Kennst du den Namen der Kriegerin?«

»Sie heißt Thökk. Auf der Stirn trägt sie auch die Rune INGWAZ mit einem Kreis darum.«

Surt kannte die Riesin. Als Kinder hatten sie zusammen den Geschichten der Ältesten gelauscht. Später hatten sich ihre Wege getrennt. Dass Thökk eine tapfere Kriegerin war, die verbittert gegen die Asen kämpfte und deshalb sogar mit den Schatten paktierte, hatte er trotzdem mitbekommen.

Die Träumerin rieb sich die Augen. Das Ding in ihrer Hand machte rhythmische Lichtzeichen. Armins Drang, die Kontrolle über seinen Körper zurückzubekommen, wurde stärker. Auch die Träumerin bemerkte, dass er zunehmend unruhiger wurde.

»Du bist sicher nicht hier, weil du den neuesten Klatsch hören willst«, sagte sie. »Wie kann ich dir helfen?«

»Irgendwo in deiner Welt gibt es eine Brücke. Wir nennen sie Bifröst. Ich glaube, über sie führt mein Weg zurück in die NEUE WELT.«

»Ja, das hat mir Odin auch schon erzählt«, nickte Josina.

»Könnte Bifröst an einem Ort sein, der in deiner Welt heilig ist?«

»Na klar!« Josina war plötzlich hellwach. »Der Dom! Und ich weiß sogar, wo wir im Dom nach der Brücke suchen müssen! Dass ich Depp da nicht eher draufgekommen bin!«

Surt hatte nicht damit gerechnet, dass es so einfach sein würde. Die Träumerin sah ihn begeistert an: »Da gibt es ein Fenster in den Farben des Regenbogens. Das muss Bifröst sein!«

»Kannst du mich da hinbringen?«

»Klar!« Sie stockte. »Allerdings ist der Dom in den nächsten Tagen geschlossen.«

»Auch nachts?«

Josina kaute nachdenklich auf ihrer Unterlippe. Surt konnte nicht fassen, wie ähnlich sie der Amazone sah.

»Wenn wir uns drinnen verstecken, bis alle im Feierabend sind, könnte es klappen.« Sie legte ihre Hand auf Armins Unterarm und sofort reagierte Surts Gebo. Es war verwirrend, die Träumerin durch diesen fremden Körper zu spüren. »Wir müssen nur irgendwie reinkommen. Ich frag Shane, ob er uns hilft.«

»Eine gute Idee«, sagte Surt. YMIR hatte die Wege des Dämons nicht aus Versehen in die Welt der Träumerin gelenkt.

»Sobald du weißt, wann wir losziehen können, sag bitte Armin Bescheid.«

»Er weiß also, dass du in ihm steckst?«

»Ja. Aber es macht ihm große Angst. Deshalb gebe ich ihm jetzt auch seinen Körper zurück.« Surt sah die Träumerin an und streichelte ihre Wange. »Es war schön, dir so nahe zu sein.« Josina lächelte, doch ihre Augen schimmerten verdächtig.

»Das zwischen uns«, sie zögerte, »das bedeutet mir viel. Aber auch wenn das mit Remy und mir keine Zukunft hat …« Eine vereinzelte Träne rollte über ihr Gesicht.

Surt lächelte. »Weine nicht, Träumerin. Du bist ein Teil von mir und wirst mir immer wichtig sein«, antwortete er. »Aber so, wie du deinen Remy liebst, liebe ich die Amazone.«

Josina schien erleichtert. Sie kuschelte sich wieder an Armins Brust und legte eine Hand auf sein Herz.

»Ich fürchte, unsere beiden Lieben stehen unter keinem glücklichen Stern.«

ZWISCHEN TÜR UND ANGEL

Mein Leben war eine Achterbahnfahrt, doch langsam gewöhnte ich mich daran. Ich hasste die schlimmen Momente, allerdings nicht so sehr, wie ich die guten liebte: Surt lebte! Und er war in Sicherheit! Keine Nachricht hätte mich glücklicher machen können. Daneben verblasste sogar mein kindischer Liebeskummer um Remy.

Am Morgen, nachdem ich mit Surt gesprochen hatte, verspürte ich seit langem wieder Optimismus. Armin und ich waren im Bad, ich putzte mir die Zähne, er saß auf dem Badewannenrand und kratzte sich ausgiebig den Rücken. Ich trug einen schlabbrigen, in die Jahre gekommenen Spiderman-Schlafanzug, er nur Boxershorts, blau mit orangefarbenen Streifen, deshalb konnte ich die Tattoos auf seiner Brust genauer betrachten. Manche Symbole hatte auch der Berserker tätowiert, andere, zum Beispiel die beiden X-Runen auf Armins Unterarmen oder die auf der Spitze stehende Raute auf seiner Brust, die von einem Kreis eingerahmt war, kannte ich von Surt.

Letzte Nacht, gleich nachdem Surt sich zurückgezogen hatte, war Armin aufgewacht. Er stellte tausende Fragen, die ich ihm allesamt ehrlich beantwortete. Jetzt wusste er alles über meine Klarträume, über die WELT, die Prophezeiung und natürlich über den EINEN, dem ich als Schwarze Träumerin zur Seite stand.

Armin erhob sich vom Badewannenrand und rieb sich die Augen. Seine Punkfrisur hatte völlig die Form verloren; die sonst steif in die Luft stechenden Haare auf dem Schädeldach hingen schlaff in alle Richtungen herunter und harmonierten so perfekt mit meinen plattgelegenen Locken.

»Ich hab dich noch nie so strahlen sehen«, sagte er und zog eine Dose Gel hoch oben aus dem Regal über dem Waschbecken. »Kann das Zeug was?« Er schraubte den Deckel auf und roch daran. Obwohl ich nicht direkt neben ihm stand, wehte mir ein intensiver Kokosnussgeruch in die Nase. Ich benutzte das Zeug so gut wie nie.

»Hält wie Beton«, antwortete ich, »und ist keine Chemie drin. Stinkt aber ziemlich penetrant.«

»Ich liebe Kokosnuss.« Armin stellte sich vor den Spiegel und brachte schnuppernd seine Haare in Form. Bei der Menge an Gel, die er dafür benutzte, würde er tagelang nach dem Zeug riechen, egal, wie oft er sich die Haare wusch.

»Sag mal, wann ziehen wir denn die Nummer im Dom durch?« Er drehte sich vor dem Spiegel und betrachtete sein Werk.

Bevor ich antworten konnte, klingelte es an der Tür. Ich spuckte den Zahnpastaschaum ins Waschbecken und lief in den Flur. Normalerweise stand um diese Uhrzeit gern mal die Postbotin vor der Tür. Beziehungsweise die Leute, die die Gastherme warteten, die Vermieterin, die Zeugen Jehovas oder irgendwelche Studierenden, die uns dreckigen Strom im Ökomantel aufschwatzen wollten. Doch vor der Tür stand Remy. In der einen Hand hielt er eine Brötchentüte und in der anderen schwenkte er eine Flasche Kinderpunsch. Er lächelte – und sah dabei fast ein bisschen unsicher aus, was ihn für mich leider nur attraktiver machte.

»Lust auf Frühstück?«

Mein erster Impuls war, die Tür wieder zuzuknallen. Er hatte seine Chance gehabt und verdiente es, dass ich ihn abservierte. Doch dann siegten meine Neugier und die Gefühle für ihn, die ich einfach nicht quitt wurde. Allerdings waren Kamille, das Baby und Shane in der Wohnung, deshalb konnte ich ihn unmöglich hereinbitten. Ich musste ihn also schnellstmöglich auf einen anderen Zeitpunkt vertrösten.

»Was macht der denn hier?« Remy hatte Armin entdeckt. Das unsichere Lächeln in seinem Gesicht geriet ins Schlingern. Seine Mundwinkel versuchten es zu halten, doch schließlich gaben sie auf: Für ihn sah es natürlich so aus, als hätten Armin und ich etwas miteinander. Ich widerstand dem Impuls, ihn aufzuklären. Sollte er doch denken, was er wollte.

»Hey.« Armin schlenderte in all seiner Pracht an uns vorbei und verschwand in meinem Zimmer. Remy sah ihm fassungslos nach.

»Habt ihr …« Er wirkte geschockt, verletzt und sogar ein bisschen wütend. »Ich dachte, wir … Wie lange läuft das schon zwischen euch?«

»Was geht dich das an?«, blaffte ich, von jetzt auf gleich fuchsteufelswild. Was dachte der sich eigentlich? Erst meldete er sich ewig nicht, nachdem ich ihn von seinem Stachel befreit hatte und jetzt stand er plötzlich Brötchentütenschwenkend vor meiner Tür und machte mir Vorwürfe? Bevor ich ihn meine geballte Wut spüren lassen konnte, öffnete sich die Wohnzimmertür und Shane stand im Flur. Auch das noch. Hier ging es ja zu wie im Hühnerstall. Oder besser Kampfhähne-Stall, so wie die beiden sich gerade mit Blicken duellierten.

»Alles gut?« Shane musterte Remy herausfordernd. Genau das hatte ich verhindern wollen. Was, wenn Remy einen seiner Wächtersprüche aufsagte und Shane zurück in die WELT katapultierte? Das würde Kamille mir nie verzeihen.

»Ich komm schon klar«, schickte ich Shane zurück ins Wohnzimmer. Remy sah ihm düster nach. Seine Gesichtszüge waren plötzlich hart und abweisend, und das Blau seiner Augen war viel zu dunkel und kalt.

»Der Typ ist gefährlich, Josie.« Remy schickte sich an, die Wohnung zu betreten. Ich konnte es gerade noch verhindern, indem ich einen Schritt zur Seite machte und die Tür ein wenig zuzog.

»Lass Shane in Ruhe. Und geh bitte.«

Einen Moment lang funkelten wir uns an. Ich ihn selbstbewusst, er mich abschätzend. Dann entspannte sich sein Gesicht, und auch etwas Wärme kehrte in seine Blauaugen zurück. Er lächelte. Gezwungen und schief, aber immerhin.

»Meinetwegen«, sagte er schließlich. »Aber der Typ gehört hier nicht her. Ihr solltet euch nicht mit so was abgeben.«

»Das entscheidest nicht du«, fauchte ich. »Außerdem liegst du falsch: Shane ist in Ordnung. Gefährlich für uns bist du!« Remy wollte etwas sagen, aber in dem Moment kam Armin aus meinem Zimmer. Er war angezogen und hatte sein Handy am Ohr. Seinem verliebten Unterton nach telefonierte er mit Sina.

»Okay, bin auf dem Weg ... Ich dich auch ... Ja, mach ich.« Er steckte das Handy weg. »Sina lässt grüßen«, grinste er. »Sie freut sich, wenn ihr euch mal kennenlernt. Und wegen der Dom-Sache lass uns nochmal quatschen.« Er küsste mich auf die Wange und schob sich an mir vorbei ins Treppenhaus. Dabei gab er Remy einen lässigen Klaps auf den Rücken und flüsterte: »Verkack es nicht!«

Remy sah alles andere als begeistert aus.

»Grüß Sina zurück«, rief ich Armin nach. Kurz darauf hallten seine Schritte durchs Treppenhaus. Remy schwenkte zaghaft die Brötchentüte.

»Bock auf Croissants? Oder wenigstens ein paar Minuten Zeit? Ich muss dir was sagen, aber nicht so zwischen Tür und Angel.«

Natürlich hatte ich Zeit. Es war Samstag, und ich hatte heute nur vor, nachzuschauen, wie sehr Toni in dieser Nacht gewachsen war. Ich ließ Remy im Treppenhaus warten, sprang eilig in gemütliche Klamotten, zupfte meine Haare in Form und putzte mir die Brille. Zufrieden mit meinem Shabby-Look, überließ ich Kamille und Shane die Brötchentüte und schleifte Remy dann ins Café Révolté.

Nachdem die Servicekraft unsere Bestellung aufgenommen hatte, brachte Remy das Gespräch ins Rollen.

»Was hältst du eigentlich von mir?«, fragte er.

So weit kam es noch. Dass ich ihm meine Gefühle verriet, bevor er mir seine offenbarte.

»Keine Ahnung. Du bist nicht unbedingt leicht zu durchschauen«, ich suchte nach Worten. Als ich ihm den Stachel gezogen hatte, hatte ich noch gehofft, dass wir jetzt endlich ein Paar werden würden. Aber anscheinend sah Remy das anders. Hätte er sonst so lange gewartet, sich bei mir zu melden? Ich entschied mich für einen Klassiker im Ranking der abgeschmacktesten Beziehungsstatus-Sätze: »Ich glaube, wir können gute Freunde werden.« Remy stöhnte leise.

»Nein, Josie.« Er legte seine Hand auf meine, sie fühlte sich kalt und schwitzig an. »Das ist nicht das, was ich will.«

Das war auch nicht das, was ich wollte. Aber das würde ich ihm garantiert nicht auf die Nase binden, denn ich war es leid, ihm hinterherzulaufen.

BİFRÖST

Thökks Plan, Bifröst zu besetzen, um Surt eine sichere Rückkehr zu ermöglichen, schien zu funktionieren. Mit ihrem magischen Schlüssel und Odins Asen-Gebo hatten die Gefährten den Bann schwächen können, mit dem Balder VALHALL verriegelt hatte. Seitdem stürmten EINHERJER aus dem Saal, voller Vorfreude auf den Kampf, auf die größte aller Schlachten, auf das letzte Gefecht, das ihre Bestimmung war. Der Goldene versuchte, den Bann zu erneuern, doch Odin und Loki hatten mit ihren Gebos dafür gesorgt, dass es ihm nicht gelingen würde.

Der Großteil der Wachposten, die auf Bifröst postiert gewesen waren, versuchten, die kampfeslustigen EINHERJER von Bifröst wegzulocken. Wie von Thökk vorhergesagt, nahm Balder an, dass Odins Kriegersleute den Befehl hatten, die Brücke einzunehmen. Dass er die Gefährten unterschätzte und seine Aufmerksamkeit allein auf die EINHERJER richtete, hatte zur Folge, dass auf Bifröst nur wenige Apokalyptiker Wache schoben. Die Chancen, sie zu überwältigen, standen gut.

Der Berserker beendete sein Gebet und öffnete die Augen. Er befand sich im Rosengarten, vielleicht zum letzten Mal. Ein Kampf auf Leben und Tod lag vor ihm. Von jenseits der Hecke, die den Garten umzäunte, viele Armwürfe entfernt, hörte er aufgepeitschtes Schlachtgetümmel. Odins EINHERJER stürzten sich in den Kampf wie Fische ins

Wasser. Der Berserker hatte keine Ahnung, was die Gefährten auf der Brücke erwartete. Nur eines war sicher: Blut würde fließen. Das Eis in seinem Inneren erkaltete. Der Gedanke daran, was vor ihm lag, drückte es mit Gewalt durch seine Haut, bis es ihn wie ein fingerdicker Panzer umgab, der im düsteren Licht der Sterne schimmerte. YMIR würde ihn führen. Was geschehen sollte, musste geschehen.

Es knackte im Gebüsch. Er war nicht allein. Blitzschnell schoss er sein Eis in Richtung des Geräuschs. Etwas jaulte getroffen auf.

»Halt! Ich bin's doch.«

Der Berserker kannte die Stimme. Sie weckte keine guten Erinnerungen. Er zog am Eis, das wie ein versteinertes Seil von seiner Hand ins Gebüsch führte. Stück für Stück wurde sichtbar, wen er da am anderen Ende eingefangen hatte:

»Anton?«

Er war zu überrascht, um auf den Zwerg loszugehen. Anton steckte fest, er war bis zur Hüfte in einem Eisblock eingeschlossen. Die Hände hielt er in die Höhe gestreckt.

»Bevor du mich für meinen Verrat bestrafst, hör mir zu«, flehte er. Er sah den Berserker mit seinen grauen Augen offen an. Auf seiner Stirn glänzten Schweißperlen, und das, was von seiner Kleidung zu erkennen war, war verdreckt und zerschlissen.

»Ich höre«, brummte der Berserker unwillig.

»Balder hält meine Frau als Geisel. Ich hatte keine Wahl. Er hätte sie getötet.«

»Und deshalb hast du deine Gefährten geopfert?« Der Berserker ballte die Fäuste, als er an seinen Vetter und die KRAFT dachte. »Waren ihre Leben weniger wert als das deiner Frau?«

Anton senkte schuldbewusst den Kopf. Er sah müde und abgekämpft aus, der sonst kurz gestutzte Bart war ungepflegt, das Gesicht voller Falten.

»Ich wollte das nicht. Das musst du mir glauben!«

Vom anderen Ende des Gartens näherte sich Thökk. Die lockigen Haare hatte sie über dem Kopf zu mehreren dünnen Zöpfen geflochten, die ihr bis auf die Schultern fielen. Sie trug einen schwarzen Anzug, der nur ihre kräftigen Arme unbedeckt ließ. In einiger Entfernung blieb sie stehen und musterte den Zwerg neugierig.

»Wir müssen los«, sagte sie, ohne Anton aus den Augen zu lassen.

»Ich komme gleich«, erwiderte der Berserker. Thökk schien etwas sagen zu wollen, doch dann schwieg sie und ging einfach. Wieder allein im Rosengarten, wandte sich der Berserker an Anton.

»Was willst du? Vergebung?«

Anton ließ die Hände sinken. Waren das Tränen in seinen Augen?

»Ich habe Brigid verloren. Balder hat mir das Einzige genommen, für das es sich zu leben lohnt. Du musst mir glauben. Ich bin auf eurer Seite.«

Der Berserker strich sich unschlüssig den Bart. »Was soll das bedeuten? Dass wir dir noch einmal vertrauen sollen?«

»Ich will meinen Fehler wieder gut machen. Ich verspreche, ich werde euch nicht enttäuschen. Bitte, lass mich beweisen, dass der EINE mich zurecht erwählt hat«, flehte Anton. Der Berserker wollte ihn abweisen, doch da hörte er eine Stimme, tief in seinem Inneren:

Was geschehen sollte, ist geschehen. Halte nicht am Zorn fest, sondern richte deinen Blick auf das Ziel und ergreife die Gelegenheit.

In diesem Moment fiel alle Wut von ihm ab. Die Trauer um die KRAFT würde ihn nie verlassen, dennoch vergab er dem Meister der Steine. Dass Anton jetzt vor ihm stand, konnte kein Zufall sein. Es hatte etwas mit der Prophezeiung zu tun.

»Ich werde euch nicht wieder verraten. Das schwöre ich bei meinem Leben.«

»Dein Wort in Skulds Ohr«, brummte der Berserker. »Ich verspreche dir: Tust du es doch, wirst du dich im Reich der Hel wiederfinden.« Damit ließ er das Eis schmelzen, das Anton gefangen hielt und verließ vor ihm den Rosengarten.

Die Gefährten warteten nicht weit von der Hecke entfernt. Die Anspannung vor dem Kampf war allen anzusehen. Thökk lächelte, als sie den Berserker auf sich zukommen sah. Ihre schwarz umrandeten Augen glänzten vor Aufregung. Sie schien es kaum erwarten zu können, in den Kampf zu ziehen. Um ihre Oberarme hatte sie schwarze, schmale Seile geschlungen, mehrere auf jeder Seite. In der Hand hielt sie ein kurzes Schwert, dessen Knauf und Parierstange mit roten Edelsteinen besetzt waren.

Im Gegensatz zu ihr sah Odin so gar nicht danach aus, als stünde ihm eine schwere Schlacht bevor. Wie immer trug er ein weites Gewand und stützte sich auf seinen Wanderstab. Loki und Heimdall trugen Rock und Hemd, die Kleidung der Söldner, die auch der Berserker gewählt hatte. Heimdall schwenkte eine Doppelaxt nach Art der Amazonen, und Loki hielt einen Speer, der ihn um Haupteslänge überragte. Der Berserker griff das Langschwert, das im Boden neben Thökk steckte. Es lag schwer und sicher in seiner Hand und weckte Erinnerungen an die vielen blutigen Kämpfe, die er damit bestritten hatte.

Odin und Loki musterten Anton stumm. Thökk und Heimdall warfen einander einen verstohlenen Blick zu.

»Willst du uns nicht vorstellen?«, sagte Thökk schließlich.

»Das ist Anton, der Meister der Steine, der mit Balder paktiert hat. Er will uns helfen, den Goldenen mit seinen eigenen Waffen zu schlagen. Der glaubt, dass Anton auf seiner Seite steht, dabei wird er uns helfen, den EINEN zurückzuholen.«

»Bist du sicher, dass er uns nicht wieder in den Rücken fällt?«, fragte Thökk.

»Ich vertraue ihm«, antwortete der Berserker. Thökk musterte Anton abschätzig.

»Wer einmal lügt, ist auf ewig ein Verräter«, warnte sie. Der Berserker brummte beschwichtigend.

»Der Meister der Steine ist auf unserer Seite. Wenn ihr ihm nicht vertrauen könnt, dann vertraut mir. Ich weiß, was ich tue.«

»Wie du meinst«, nickte Thökk sofort. Heimdall blieb stumm.

»Dann soll es so sein.« Loki, der in Teilen der WELT selbst den Ruf eines undurchschaubaren Verräters hatte, verzog den Mund zu einem Grinsen. Dann klopfte er dem Zwerg auf die Schulter. »Enttäusche uns nicht!«

Bevor Anton darauf antworten konnte, krachte es ohrenbetäubend. In einiger Entfernung zersplitterte Holz, und das Kampfgebrüll, das bereits ganz Asgard erfüllte, verstärkte sich. Offensichtlich war es den EINHERJERN gelungen, ein weiteres Tor VALHALLS durch pure Muskelkraft zu öffnen. Bald würde Balder begreifen, dass er seinen Bann nicht erneuern konnte.

Hoch über den Köpfen der Gefährten hastete ein Schwarm Seelenloser vorüber, und im Nu lag der Gestank von Schwefel in der Luft. Mit etwas Glück befanden sich nun keine Schatten mehr oben auf der Brücke. Thökk schaute in die Runde. Ihr Kinn hatte noch nie so entschlossen ausgesehen.

»Jetzt oder nie«, rief sie mit lauter Stimme. Heimdall drehte die Axt in seiner Hand.

»Auf in den Tod!«, brüllte er und ging mit großen Schritten auf Bifröst zu. Odin, Anton und Loki folgten ihm, der Berserker und Thökk blieben zurück.

Wortlos standen sie nebeneinander und sahen zur Brücke, seine Hand berührte ihre dabei wie zufällig. Warum hatte er Thökk seine Gefühle verschwiegen? Jetzt war es zu spät. Sie würden einander vielleicht nicht wieder sehen. Sie zwinkerte ihm lächelnd zu, dann verhärteten sich ihre Züge und auch sie rannte los. Er folgte ihr.

Je näher sie der Brücke aus purem Bernstein kamen, desto intensiver schimmerte sie. Der glimmende Regenbogen, den Bifröst dem düsteren Sternenhimmel entgegenwarf, war beeindruckend. Der Fuß der Brücke stand auf einem weiß glitzernden Hügel gleich neben Odins Palast GLADSHEIM, aus dessen größtem Prunksaal VALHALL noch immer EINHERJER stürmten.

Thökk blieb stehen und wandte sich zum Berserker um. Sein Eispanzer schmolz unter ihrem flammenden Blick. Die Liebe, die in ihm für sie herangereift war, rauschte wild durch sein Herz. Sie beugte sich vor und küsste ihn.

»Stirb nicht«, flüsterte sie und das kleine Muttermal über ihrem Mund tanzte. »Ich will mein Leben mit dir teilen, wenn das hier vorbei ist.« Bevor er ein Wort herausbringen konnte, stürmte sie los.

Kurz darauf verlor er sie im Getümmel vor der Brücke aus den Augen. Er hatte sie zuletzt Rücken an Rücken mit Heimdall gesehen, wie sie gegen einen Trupp mächtiger Zwerge kämpften, die den Zugang zu Bifröst versperrten. Zusammen mit Loki, Odin und Anton gelang es dem Berserker, an ihnen vorbei auf die Brücke vorzustoßen. Bald hörte er nur noch Thökks Schreie, sie klangen ebenso euphorisch wie die Heimdalls.

Oben auf Bifröst angekommen, sah sich der Berserker einer angriffslustigen Gruppe aus Riesen und weiteren Zwergen gegenüber, auch einige beseelte Schatten in fester Form und eine Amazone entdeckte er. Seelenlose konnte er nicht ausmachen. Wie Thökk es vermutet hatte, schien der Dämonenfürst sein Schattenheer auf die Schlachtfelder geschickt zu haben, um dort gegen die EINHERJER zu kämpfen.

Neben dem Berserker sprang Loki mit einem Satz auf die Gegnerschaft zu. Wie ein wirbelnder Tänzer schwang er seine Lanze durch die Kriegersleute, die sich ihnen in den Weg stellten. Das Blut spritzte, und die Kämpfenden fielen tödlich getroffen zu Boden. Irgendein mächtiger Zauber musste die glänzende Speerspitze umgeben, denn Loki konnte damit sogar die Schatten vernichten, die immer wieder ihre feste Form aufgaben, sich in die Luft warfen und von oben auf die Gefährten herabstießen.

Plötzlich löste sich aus dem Kampfgewimmel eine junge Eisriesin mit kurzen, schneeweißen Haaren. Mit entschlossenen Algenaugen stürmte sie auf den Berserker zu, einen Schild in der einen und einen Krummsäbel in der anderen Hand. Der Berserker fasste den Schwertgriff fester, wich dem Hieb seiner Gegnerin aus und stach zu. Ungläubig starrte die Eisriesin auf die schwere Klinge in ihrer Brust. Dann fanden ihre Augen die des Berserkers. Sie sackte in die Knie.

»Ist das mein Tod?«

Der Berserker nickte wortlos und legte die freie Hand auf den Scheitel der Sterbenden. Sie sah ihn mit bittenden Augen an.

»Aber ich will noch nicht gehen.«

»Wer leben will, darf nicht in den Krieg ziehen.« Mit einem Ruck zog er die Klinge aus ihrem Körper. Sofort sickerte ein Schwall Blut aus der Wunde. »Klammere dich nicht an das Vergängliche. Dein Schicksal ist längst besiegelt.« Er fing den Körper der Sterbenden auf und setzte ihn in den Kriegersitz. Vielleicht würden die VALKYRJAR sie erwählen. Sollte Surt zurückkehren und die NEUE WELT begründen, konnte die Eisriesin als EINHERJER wiederkehren. Die Sterbende versuchte sich an einem Lächeln.

»Wir sind Gegner. Warum tust du das für mich?«

»Weil ich nicht nur ein Krieger, sondern auch ein Mönch bin. Und weil wir trotz allem nicht verschieden sind. Wir teilen den gleichen Anfang und haben dasselbe Ende. Wir sind eins. Wenn du gehst, geht auch ein Teil von mir.«

»YMIR beschütze dich«, flüsterte sie. »Wo immer ich vor dir bin, werde ich dir einen schönen Empfang bereiten.«

Dann war sie tot.

Der Berserker schnappte sich sein Schwert und stürzte sich weiter in die Schlacht. Metall klirrte, vereinzelte Amazonenpfeile schwirrten durch die Luft, dazu das Stöhnen der Getroffenen und der beißende Geruch der wenigen beseelten Schatten. Er nahm Loki wahr, der wie ein Wirbelwind kämpfte. Weiter entfernt erkannte er Odin an der wütenden Windhose, die Waffen aus gegnerischen Händen und Feinde über den Rand der Brücke riss. Anton war nirgends zu sehen. Vielleicht hatte er sich zurückfallen lassen zu Heimdall und Thökk.

Schließlich waren die Apokalyptiker besiegt. Die meisten hatten ihr Leben verloren, einige wenige waren so schwer verletzt, dass sie keine Gefahr mehr darstellten. Zum Kampfgetümmel der EINHERJER, das aus der Ferne zu Bifröst drang, gesellte sich nun das Wimmern und Stöhnen der Verwundeten.

»Und jetzt?« Anton stand plötzlich da und sah erwartungsvoll in die Runde. Der Berserker stutzte. Als einziger der Gefährten war der Zwerg nicht blutverschmiert. Anscheinend hatte er doch nicht an der Seite von Thökk und Heimdall gekämpft. »Wenn uns auch nur ein Schatten entkommen ist, wird er Verstärkung holen.«

Loki schüttelte den Kopf. Seine Augen sprühten vor Kampfeslust. Rock und Hemd hingen in Fetzen an seinem drahtigen Körper und das Blut der Besiegten rann wie Tränen über sein Gesicht. »Ich hab sie alle vernichtet.«

»Es sah danach aus,« sagte Odin und legte anerkennend den Arm auf die Schulter seines ältesten Freundes. »Aber wir haben keine Gewissheit. Wir müssen so schnell wie möglich das Tor zur Welt der Träumerin öffnen.«

WÄCHTERPFLICHTEN

Remy und ich hatten den ganzen Samstag miteinander diskutiert, erst im Café und ab dem frühen Abend in der Schenke. Spät in der Nacht, als wir uns verabschiedeten, stand fest, dass wir Abstand halten wollten. Denn auch wenn Remy sich am Morgen in der WG mir zuliebe zusammengerissen und Shane in Ruhe gelassen hatte, konnte ich ihm deutlich anmerken, dass der Wächter in ihm eigentlich etwas anderes tun wollte. Wir waren beide nicht glücklich damit, aber es fiel uns keine andere Lösung ein.

Als ich zurück in die WG kam, schliefen Kamille, Shane und das Baby schon. Ich verzog mich in mein Zimmer, legte mich ins Bett und dachte nach. Ich hatte die richtige Entscheidung getroffen, auch wenn es sich für mein Herz nicht so anfühlte.

Am Sonntagmittag erwachte ich aus einem traumlosen Schlaf. Ich blieb liegen und versuchte stundenlang, wieder einzuschlafen und mich in die WELT zu träumen. Doch nichts funktionierte. Irgendwann gegen Abend gab ich es auf. Hungrig und frustriert wälzte ich mich aus dem Bett, aß ein paar Brote und ging dann zu Kamille und Shane ins Wohnzimmer.

Die beiden kuschelten auf der Couch und vor ihnen auf dem Boden turnte Toni zur Musik vom Bi-Ba-Butzemann. Das Mondlicht, das durch die geöffneten Fenster fiel, glitzerte auf der braunen Haut wie Silberpuder. Toni war unglaublich gewachsen und jetzt so groß wie ein ganz normales dreijähriges Kind – nur, dass es eben nicht drei Jahre, sondern gerade einmal etwas über drei Tage alt war. Aber Toni war nicht nur größer geworden: Die Haut war dunkler und die Haare krausten sich viel stärker als am Tag zuvor. Sprechen konnte Toni noch nicht. Und von der Gabe, andere mit Gefühlen überfluten zu können, bemerkte ich diesmal auch nichts.

»Da bist du ja endlich«, begrüßte mich Kamille.

»Ist heute nicht mein Tag«, stöhnte ich. »Ich war gestern mit Remy unterwegs. Wir haben uns erst mal auseinanderdividiert.«

»Das tut mir leid, Josie. Aber es ist sicher das Beste für uns alle«, sagte Kamille zwar mitfühlend, doch die Erleichterung war ihr deutlich anzusehen.

»Hast du was geträumt?«, wechselte Shane zum Glück das Thema.

»Keine Sekunde«, antwortete ich düster. »Und ich hab keine Ahnung, wie ich Surt helfen kann, in den Dom zu kommen. Hast du eine Idee?«

»Na klar«, sagte Shane. »Morgen nach Feierabend geht's los.«

Ich war sofort Feuer und Flamme. Während Toni um uns herumturnte, erklärte uns Shane seinen Plan.

Der nächste Tag war ein Montag und Kamille ging tatsächlich wieder zur Arbeit. Shane, der sich die nächsten zwei Wochen freigenommen hatte, kümmerte sich um Toni. Ich war erst skeptisch, ob sich Kamille nicht doch zu viel zumutete, doch ich stellte schnell fest, dass sie sogar fitter war als vor der Schwangerschaft. Sie machte das für den Tag disponierte Interview, half mir bei der Recherche nach neuen Gästen und hatte nebenbei sogar ausreichend Zeit für Mädelstalk. Es war fast wieder wie früher, in einer Zeit ohne Riesen, Dämonen und Wächter.

Zum Feierabend trennten sich unsere Wege. Kamille konnte es kaum erwarten, Toni wiederzusehen und fuhr direkt nach Hause. Ich blieb noch eine Weile im Büro und bastelte drei spielkartengroße Ausweise. Darauf schrieb ich die Namen von Shane, Armin und mir, zusammen mit der Fachbereichsbezeichnung »Seismologie«. Als ich fertig war, betrachtete ich die Fake-Dokumente skeptisch. Sie waren nicht wirklich gut gemacht, aber laut Shane spielte das keine Rolle, denn angeblich sorgte sein Gebo dafür, dass Menschen sahen, was er sie sehen lassen wollte. Hoffentlich behielt er recht. Angespannt verließ ich den Sender und stieg in die Bahn zum Dom.

Armin, der von Shane benachrichtig worden war, erwartete mich auf der menschenleeren Domplatte. Die riesige Kathedrale sah im Licht des runden Mondes fast bedrohlich aus. Die Domspitzen versanken im Nebel, entfernt kläffte ein vermutlich ziemlich kleiner Hund. Wir begrüßten einander verschwörerisch und warteten auf Shane, der mit etwas Verspätung zu uns stieß. Ich verteilte die gefakten Ausweise und dann gingen wir geradewegs auf das mürrische Security-Personal zu, das vor den Eingängen des Doms Wache schob. Shanes Gebo sorgte tatsächlich dafür, dass wir die Leute ohne Probleme passieren konnten. Nicht mal unsere Ausweise mussten wir vorzeigen.

Der Dom war wie ausgestorben. Das Mondlicht schien durch die Kirchenfenster, ansonsten war es dunkel. Shane hob den Zeigefinger an die Lippen und deutete auf einen weißhaarigen Mönch mit kölschem Schnubbi und roten Augen, der müde auf uns zu schlurfte.

»Guten Abend«, grüßten wir, als er sich vor uns aufbaute.

»N'Abend zusammen. Ich wollte jetzt eigentlich abschließen. Ihre Kollegen und Kolleginnen sind schon lange weg.«

»Wir haben die Messgeräte vergessen«, improvisierte ich und versuchte dabei, wie eine selbstbewusste Expertin zu wirken. Der Mönch wirkte irritiert.

»Messgeräte? Wieso vergessen? Da oben hängen sie doch!« Er zeigte auf ein Fenster mit vielen bunten Farbflächen: das Richterfenster. Am Rahmen, der die bunten Glasflächen umspannte, klebten kleine, undefinierbare Gegenstände, aus denen schwarze, rote und weiße Kabel herausführten.

»Wir müssen die Akkus austauschen«, kam Armin mir zu Hilfe. »In den Aufzeichnungsgeräten.« Er deutete auf einen Schreibtisch, der ganz in der Nähe stand und über und über mit Computern, Druckern und anderen Geräten beladen war. Unter dem Tisch stapelte sich zerknülltes Papier. Der Mönch nickte desinteressiert.

»Ich lasse Sie besser machen. Später komme ich noch mal wieder und schließe ab.« Er schlurfte Richtung Ausgang, und kurz darauf waren wir allein.

Meine Anspannung wuchs. Was uns wohl bevorstand? Ich hatte keine Ahnung, was ich tun sollte. Dass Surt anwesend war, weil er in Armin steckte, war ein merkwürdiges Gefühl. Auch deshalb, weil Armin sich völlig normal verhielt, nichts an seinem Verhalten erinnerte mich an Surt. Ich sprach Armin nicht darauf an, denn von Surt wusste ich ja, dass Armin die Situation nicht wirklich geheuer war.

Im Dom war es jetzt beeindruckend still. Die Energie, die dieser Ort ausstrahlte, ging mir durch Mark und Bein. Das Mondlicht, das durch die Fenster in den Innenraum fiel, schien intensiver geworden zu sein – oder meine Augen gewöhnten sich langsam an die Dunkelheit.

Ich sah zum Richterfenster und schlagartig wurde mir bewusst, wie naiv ich bisher an die ganze Sache herangegangen war. Das Fenster war nicht nur riesengroß, es lag auch weit über unseren Köpfen. Wie sollte Armin – beziehungsweise Surt – da hochkommen? Ohne Leiter war das unmöglich.

»Und jetzt?«, fragte ich frustriert. Armin sah mich an. Seine Augen wechselten die Farbe und wurden wolfsgrün, anscheinend übernahm in seinem Inneren gerade Surt das Kommando.

»Wir warten ab«, sagte er. »Das Tor öffnet sich bald. Ich kann es spüren.«

Ich schaute wieder hoch zum Richterfenster und wunderte mich, wie unspektakulär es aussah. So gar nicht nach einem Portal, das meine Welt mit einer anderen verschränkte. Ich schloss die Augen und dachte an den Rat, den Odin mir gegeben hatte. Erst spürte ich nichts. Aber dann konnte ich es fühlen: ein sanftes Vibrieren, das meinen gesamten Körper erfasste. Gleichzeitig machte sich Angst in mir breit. Was, wenn es uns Gefährten wieder nicht gelang?

»Wie ist der Plan, wenn Bifröst nicht merkt, dass wir hier sind? Können wir etwas tun, damit sich das Tor auch garantiert öffnet?«

Armin nahm meine Hand. Er war ungewöhnlich warm, das Blut in den Adern dicht unter seiner Haut schimmerte orange und erinnerte mich an flüssige Lava.

»YMIR ist mit uns«, sagte er, und in seine wolfsgrünen Augen schlich sich ein zuversichtliches Lächeln. Auch wenn er wie Armin aussah – das hier war hundertprozentig Surt.

»Ist Armin okay?«, fragte ich ihn. »Bekommt er mit, was hier passiert?« Die Augen änderten die Farbe, wurden wieder braun, mit grünen Sprenkeln.

»Mach dir keine Sorgen«, beruhigte mich Armin. »Mir geht's gut. Ich hab deinem Wikinger versprochen, ihm durch dieses Fenster zu helfen und das ziehe ich auch durch.«

Die Augen wechselten wieder zu wolfsgrün.

»Ganz schön mutig, dein ängstlicher Freund«, grinste Surt. Ich musste lachen. Diese Situation war total absurd! Shane, der ganz in unserer Nähe stand, drehte alarmiert den Kopf.

»Seid mal leise. Da ist jemand.« Blitzschnell verwandelte er sich in einen Schatten. In der Dunkelheit war er kaum zu sehen, nur noch seine Augen leuchteten in einem krassen Achtzigerjahre Neongelb.

»Wartet hier.« Shane schwebte auf den seitlichen Dom-Eingang zu. Kurz darauf hörten wir ihn schmerzerfüllt schreien. Ich reagierte instinktiv, keine Ahnung, woher ich den Mut nahm.

»Surt, egal was passiert, du bleibst hier,« sagte ich. Ohne auf eine Antwort zu warten, schnappte ich mir vom Schreibtisch mit den Geräten einen Köcher voller Pfeile und den dazugehörigen Bogen – beides hatte Shane anscheinend unbemerkt hereingeschmuggelt.

Ihn selbst fand ich nicht weit entfernt hinter einer Säule. Er hatte wieder seine feste Form angenommen und krümmte sich vor Schmerzen. Ungefähr drei Meter vor ihm stand Remy. Ebenso wie Shane trug er Schwarz. Von Shane war ich das gewohnt, aber Remy hatte ich so noch nie gesehen. Er trug schwarze, enge Jeans, schwarze Martens, einen schwarzen, wadenlangen Parka, ein schwarzes Hemd und auf dem Kopf eine schwarze Wollmütze. Aus der Entfernung sah es sogar danach aus, dass er sich die Augen mit schwarzer Schminke umrandet hatte. Doch je näher ich ihm kam, desto deutlicher wurde, dass er einfach nur dunkle Augenringe hatte, die sich extrem von seiner weißen Haut abhoben. Er war wie verwandelt. Seine Augen waren schwarz, denn die Pupillen waren so groß, dass sie seine Iriden geschluckt hatten, und sein Gesicht war härter und kälter als jemals zuvor. In einer Hand hielt er den absurd großen Türkis, den er von Viola bekommen hatte und von dem ein unangenehmes, kalt pulsierendes Licht ausging. Es strahlte nicht in alle Richtungen, sondern fokussierte sich auf Shane und hüllte ihn von Kopf bis Fuß ein. Ich wusste sofort, was das zu bedeuten hatte: Remy war drauf und dran, Shane zu verbannen!

»Hör auf!«, schrie ich voller Angst. Meine Stimme hallte durch den Dom und kehrte als mehrfaches Echo zu uns zurück. »Lass Shane in Ruhe!«

Remy bedachte mich mit einem eiskalten Blick. Er schien mich überhaupt nicht zu erkennen. Das ließ mir keine andere Wahl. Ich legte einen Pfeil an und spannte den Bogen. Ich wollte Remy nicht verletzen, geschweige denn töten. Aber ich musste Shane um jeden Preis beschützen, alles andere würde ich mir niemals verzeihen.

»Nimm den verdammten Stein runter!«, brüllte ich, und mein Herz klopfte dumpf vor Anspannung. Doch Remy reagierte nicht. Dafür wurde das Licht, das der Türkis abstrahlte, mit jeder Sekunde intensiver. Und es begann, Shane die Materie zu entreißen! Wie Asche stob sie von seinem Körper und verteilte sich im Raum. Er wurde dabei immer durchsichtiger und stöhnte so gequält, dass ich es kaum aushalten konnte. Ich musste handeln, bevor es zu spät war! Entschlossen ließ ich die Bogensehne los. Der Pfeil schnellte von der Sehne und traf den Türkis so perfekt, dass er nicht mal Remys Hand berührte. Während der Stein einen fast unrealistischen Bogen Richtung Decke schlug, ließ ich den Bogen fallen und stürzte mich auf Remy. Ich packte ihn an Mantelkragen und Ärmel, riss ihn aus dem Gleichgewicht und grätschte seine Beine zur Seite. Er knallte unsanft mit dem Rücken auf den Boden, gleichzeitig mit dem Türkis, der nur knapp außerhalb unserer Reichweite in zwei etwa gleichgroße Teile zerbrach. Remy wollte auf den zerbrochenen Stein zukriechen, deshalb stürzte ich mich auf ihn und drückte ihm die Knie in die Schultern. Er sah mich fassungslos an.

»Bist du bescheuert?« Er versuchte, loszukommen, doch ich hielt ihn fest. »Warum machst du das? Der Typ ist ein Dämon!«

In mir kochte grenzenlose Wut. Was glaubte er eigentlich? Dass ich dabei zusah, wie er meine Freunde auslöschte?

»Was machst du hier? Wir haben doch abgemacht, dass du dich von mir und meinen Freunden fernhältst!«

»Lass dich nicht von dem da täuschen! Der ist gefährlich! Ich muss ihn aus der Welt schaffen!« Remy versuchte, sich aufzubäumen und mich abzuwerfen. Aber so schnell würde er mich nicht loswerden.

»Du bist der Einzige, der hier gefährlich ist! Shane beschützt mich! Ich lass nicht zu, dass du ihm das antust!« Ich warf einen Blick auf Shane. Der lehnte an einer Säule, das Gesicht schmerzverzerrt, aber zum Glück schon wieder deutlich weniger durchsichtig. Remy unter mir kämpfte weiter um Bewegungsfreiheit. Er sah zur Seite zum zerbrochenen Stein. »Wenn du Shane verbannen willst, dann musst du erst an mir vorbei«, warnte ich ihn. Remys Augen flackerten unsicher, doch dann nahmen sie wieder ihren kalten Glanz an. Ich reagierte sofort, hechtete zur Seite auf den zerbrochenen Türkis zu und schnappte mir die zwei Brocken. Remy versuchte, sie mir aus den Händen zu reißen, doch ich sprang rechtzeitig auf die Beine. Er rappelte sich ebenfalls auf, die schwarzen Augen auf die Türkise gerichtet. Bevor er wieder danach greifen konnte, schmiss ich die Steine gegen die nächststehende Säule. Sie zerbrachen in Dutzende kleinere Stückchen. Remy heulte entsetzt auf.

»Nein! Hör auf damit! Du machst einen großen Fehler!«

Ich ignorierte ihn und sprang wie besessen auf den Stein-stückchen herum, in der Hoffnung, dass Remy ohne den Türkis keine Macht mehr über Shane und Surt haben wür-de. Remy ging einen drohenden Schritt auf mich zu, dann ließ er sich auf die Knie fallen und versuchte zu retten, was nicht mehr zu retten war. Ich hatte ganze Arbeit geleistet, nur ein türkisfarbenes Häufchen Staub war übriggeblieben. Er schaufelte die traurigen Überreste in seine Handfläche und ließ sie durch seine Finger rieseln.

»Was hast du getan?«, fragte er fassungslos und aus seinen kalten Augen, die jetzt wieder eine blaue Iris hatten, rollten Tränen. Mir kamen plötzlich Zweifel, ob ich das Richtige ge-tan hatte. Ich hatte den Türkis zerstört, weil ich Shane und Surt beschützen wollte. Ob das aber Konsequenzen für Remy haben würde, hatte ich überhaupt nicht bedacht.

VERSUCHUNG

Anton fühlte, wie die Gefährten ihn beobachteten. Er wusste, dass sie zweifelten, ob sie ihm dieses Mal tatsächlich vertrauen konnten. Er bemühte sich um eine offene, unverstellte Miene, hielt das Kinn gestreckt und die Schultern nach unten gezogen. Er wollte zuversichtlich wirken. Zuversichtlicher, als er sich fühlte. Denn bisher war nicht alles nach Plan verlaufen. Nachdem die Gefährten die Brücke erobert und einander lobend auf die Schultern geklopft hatten, hatte Thökk am Brückenaufgang Posten bezogen. Dort würde sie die Angreifer abhalten, die versuchten, Bifröst vom Boden Asgards aus zurückzuerobern. Gefahr für den EINEN, der vom anderen Ende der Brücke kommen würde, drohte somit nur aus der Luft von Balders Seelenlosen, doch bisher war kein einziger Schatten aufgetaucht. Offenbar hatte Loki tatsächlich niemanden entkommen lassen, der Balder auch nur hätte mitteilen können, dass die Brücke jetzt nicht mehr in seiner Hand war. Die Hoffnung unter den Gefährten stieg. Sobald Heimdall ins GJALLARHORN blies, würde Bifröst erzittern und damit das Tor zur Welt der Träumerin öffnen. Die Runen hatten Odin verraten, dass der EINE dort bereits darauf wartete, zurückzukehren.

Doch als Heimdall das Horn an die Lippen setzte, verformte es sich. Wie dickflüssiger Honig floss es an seinen Händen herab. Der sonst so gutmütige Ase starrte die Gefährten entsetzt an. Neben ihm schälten sich Balder und das gelbe Augenpaar des Dämonenfürsten aus dem Nichts. Anton schnürte der Anblick den Atem ab, und auch der Berserker schien fassungslos.

»Das war ja einfach.« Balder verschränkte die Hände auf dem Rücken und musterte die Gefährten selbstgefällig. Er trug ein goldenes Kleid, eine protzige Krone und wirkte überaus deplatziert. Seine goldene Aura schimmerte eindrucksvoll im düsteren Licht der Sterne, und auf seinen Schultern angekettet krächzten Odins Raben Hugin und Munin. »Ihr habt doch nicht wirklich geglaubt, dass sich diese lächerliche Prophezeiung erfüllt.«

An Balders Seite nahm der Dämonenfürst eine feste Form an. Er deutete auf die Raben. »Dank ihnen wussten wir von Anfang an, dass es so enden würde.«

Anton sah zu Odin. Stimmte das? Endete der Weg der Gefährten hier, an diesem Ort, so kurz vor dem Ziel?

Odin und Loki tauschten einen verstohlenen Blick. Der Berserker, der neben dem Dämonenfürsten stand, presste so fest den Kiefer zusammen, dass seine rotblonden Barthaare auf und ab wirbelten. Heimdall schien kurz davor, etwas Unüberlegtes zu tun. Doch Balder interessierte das alles nicht. Er bückte sich zu Anton hinunter und sah ihn auffordernd an.

»Nur ein Meister der Steine kann Bifröst zum Einsturz bringen. Zerstöre die Brücke, dann geb ich dir deine Frau zurück.«

VERTRAUEN

Der Berserker konnte sehen, wie es im Meister der Steine arbeitete. Balders Worte schienen den Zwerg erneut ernsthaft in Versuchung zu führen. Wenn Anton dem Goldenen auch diesmal gehorchte und Bifröst zerstörte, waren Surt und die NEUE WELT endgültig verloren.

»Woher soll ich wissen, dass du es diesmal ernst meinst?«, flüsterte der Zwerg mit gesenktem Blick. Balder lächelte schief. Obwohl er die schönsten Gesichtszüge aller Asen hatte, war er doch der Hässlichste unter ihnen.

»Das kannst du nicht wissen. Du wirst mir vertrauen müssen.«

Verstohlen beobachtete der Berserker Odin und Loki. Die Gesichter der beiden waren undurchschaubare Masken. Warum griffen sie nicht ein?

BRÜDER UND RIVALEN

Odin und Loki sprachen miteinander. Sie taten es schon immer auf diese Weise, doch diesmal konnte nicht einmal Balder es bemerken. Nach außen zeigten sie stumme, unbewegliche Gesichter, aber sie selbst hörten und sahen einander, mit all ihren Gesten.

»Das ist es nun, das Ende.« Odin hatte lange auf diesen Moment gewartet. Mit etwas Glück würde seine Schuld bald beglichen sein. Loki schüttelte belustigt den Kopf. Anton willigte gerade ein, Bifröst zu zerstören.

»Die NEUE WELT, von Surt angeführt, ist nicht die Einzige, die mir gefallen würde. Ich könnte mein Glück auch in anderen WELTEN finden.«

»Du würdest Balder und den Dämonenfürsten als neue Herrscher anerkennen?« Odin war überrascht. Loki war bekannt dafür, dass er anders war und anders dachte. Kein Wunder, war er doch ein Riese aus der ALTEN WELT, ein Ur-Geschöpf, das unter Asen lebte und weder den Feuernoch Eisriesen ähnelte. Loki war sehr viel älter als Odin, trotzdem fühlte sich der Ase in seiner Nähe wie ein greiser Vater, der die Stärke seines jugendlichen Kindes bewunderte. Sie waren Meister und Schüler, wahre Freunde, Brüder und Rivalen. Sie waren so verschieden wie Tag und Nacht und trotzdem hätte Odin darauf geschworen, dass Loki sich niemals der Herrschaft Balders beugen würde. Neben ihm schnalzte der Formwandler belustigt mit der Zunge.

»All die RAGNARÖKS und du kennst mich noch immer nicht, alter Wanderer?«

Odin musterte Loki. »Du warst mir schon immer ein Rätsel. Sogar die Runen konnten mir nie sagen, ob du in einer Sache für oder gegen mich warst.«

»Ich bin und war schon immer auf YMIRS Seite«, antwortete Loki, jetzt vollkommen ernst. »Und was Balder angeht: Ich würde ihn niemals als Regenten anerkennen. Und den Dämonenfürsten erst recht nicht.« Er verzog das Gesicht zu einem feinen Lächeln. »Ich sprach von einer WELT, in der ich die Regeln mache.«

Auf Balders Schultern krächzten die Raben Zustimmung und im mittleren Auge Hugins erschien ein flüchtiges Bild des Formwandlers, doch es verblasste, bevor Odin es genauer betrachten konnte.

»Mein Freund, du eignest dich als Wellenmacher. Dass du aber auch ein guter Herrscher wärest, bezweifle ich.«

»Zweifle ruhig«, lachte Loki belustigt. »Eines Tages beweise ich es dir. Sollte Bifröst fallen, vielleicht sogar schon sehr bald.«

Odin nickte düster. Auf der Brücke entfernte sich der Meister der Steine in kleinen, zügigen Schritten immer weiter von ihnen. Doch dann blieb er plötzlich wie angewurzelt stehen.

FLUCHT NACH VORN

Der Berserker beobachtete den Meister der Steine angespannt. Am GAP GINNUNGA hatte Anton bewiesen, wie mächtig sein Gebo war. Jetzt stand der Zwerg auf der Brücke, bewegungslos, mit hängenden Schultern. Würde er die Magie der Steine nutzen und Bifröst einstürzen lassen, so wie Balder es von ihm verlangte? Doch da rannte Anton los. Er hielt sein Wort, hatte sich nicht wieder auf die Seite Balders geschlagen, sondern trat die Flucht nach vorn an! Schnell schluckte ihn die Dunkelheit. Aus dem Augenwinkel sah der Berserker, wie Unglauben, Zorn und blanker Hass über Balders Gesicht wanderten. Neben Balder warf der Dämonenfürst den Kopf in den Nacken und stieß einen markerschütternden Schrei aus. Im Handumdrehen ballte sich am Himmel eine Übermacht von seelenlosen Schatten, und es regnete tödliche Geschosse. Geistesgegenwärtig hob der Berserker die Hände und formte einen Schutzschild aus Eis, der ihm, Heimdall, Loki und Odin Deckung bot. Doch der Schutz würde nicht ewig halten, von den entfernten Schlachtfeldern stoben immer mehr Schatten auf Bifröst zu. Hoffentlich konnte Thökk, deren einschüchternde Kampfesschreie bis zu den Gefährten drangen, den Aufgang der Brücke weiter verteidigten. Die Schatten des Dämonenfürsten abzuwehren, die vom Himmel aus attackierten, war auf Dauer aussichtslos genug. Wenn ihnen zusätzlich Apokalyptiker in den Rücken fielen, würden sie Bifröst nicht lange halten können.

Eine schnelle Bewegung Lokis erregte die Aufmerksamkeit des Berserkers. Der MEISTER DER METAMORPHOSE presste dem Dämonenfürsten die Spitze seines Speers an den Hals. Der versuchte, sich in einen Schatten zu verwandeln, doch die Magie der Waffe verhinderte es. Zäher gelber Schleim drückte sich aus einer kaum sichtbaren Wunde und der ätzende Schwefelgestank, der von den Schlachtfeldern zu ihnen herüberwehte, verstärkte sich.

»Eine falsche Bewegung, und du bist tot.« Lokis Gesichtsausdruck war ebenso fest wie seine Stimme. Der Dämonenfürst stand still wie eine Statue und warf einen widerwilligen Schrei in den Himmel. Prompt stellten seine Schatten den Beschuss ein. Balder klatschte herausfordernd in die Hände und bleckte die perfekten Zähne. Die Raben auf seinen Schultern spreizten angespannt ihr Gefieder.

»Nicht schlecht, Loki. Nur leider völlig umsonst.« Sein Ton war selbstgefällig, doch der Berserker spürte die Verwirrung des Asen. »Wir haben das GJALLARHORN zerstört. Ihr könnt das Tor zur Welt der Träumerin also nicht öffnen. Der EINE wird nie mehr zurückkommen!«

In diesem Moment erklang ein ohrenbetäubendes Knacken.

eine höhere Macht

Anton presste die Handflächen an das verschlossene Stein-Tor, das Bifröst ein abruptes Ende setzte. Er fühlte, wie die Magie der Steine ihn vollkommen ausfüllte, wie sie durch seinen Körper pulste und sich über seine Handflächen entlud. Sein Gebo war mächtiger als jemals zuvor. Anton wusste nicht, was er tat, er handelte nur aus einem Gefühl heraus. Es war, als ob ihn eine höhere Macht leitete, die jenseits von Bifröst existierte. Der Stein unter seinen Handflächen knackte so laut, dass es ihm in den Ohren schmerzte, und ein Geflecht aus Rissen breitete sich auf dem Tor aus. Durch die Risse schimmerte Licht, das Anton nicht zuordnen konnte. Ob dahinter die Sonne schien?

Aus weiter Entfernung vernahm er Balders zorniges Gebrüll, offensichtlich hatte der Goldene nicht damit gerechnet, dass Anton diesmal zu seinen Gefährten stehen würde. Sicher würde sich Odins Sohn an ihm rächen, doch das kümmerte Anton nicht. Er wusste, dass er richtig handelte. Das hier war seine Bestimmung. Und das, was vorher geschehen war, hatte geschehen müssen.

Anton besann sich wieder auf sein Gebo. Er musste das Tor öffnen, bevor Balder doch einen Weg fand, ihn daran zu hindern. Er schaute ängstlich auf die vielen Schatten, die im schwachen Licht der Sterne über, neben und unter der Brücke schwebten und ihn mit stumpfen gelben Augen anstarrten. Warum griffen sie nicht an? Wieder knackte das Tor, und unter seinen Händen verbreiterten sich die Risse. Jetzt erst kam Bewegung in die Schatten. Kreischend schossen sie im Sturzflug auf ihn zu. Anton schloss die Augen und duckte sich, die Hände abwehrend über dem Kopf erhoben. Doch nicht er war das Ziel der Seelenlosen: Sie stürzten an ihm vorbei und zwängten sich durch die Risse in die Welt hinter dem Tor …

ZERSPLITTERTES GLAS

Wie aus dem Nichts zersplitterten die ersten Glasflächen des Richterfensters. Surt saß im Lotossitz, Daumen und Zeigefinger beider Hände aneinandergelegt und wartete. Draußen, in der Welt der Träumerin, tat Armin dasselbe. Gleißendes Mondlicht strahlte durch das Domfenster auf ihn herab, fiel durch seine Augen tief in sein Innerstes. Dort erstrahlte auch Surt.

Immer mehr Glas zerbrach und immer weißer wurde das Licht, das beide Männer umhüllte. Es zerrte an ihnen, als wäre es ein Wind. Surts Gebo flammte auf, und bald konnte er es kaum noch beherrschen. Endlich war es so weit. Auf diesen Moment hatte er sich sein Leben lang vorbereitet.

VANDALEN IM DOM

Wir rannten zurück zum Richterfenster, als es die ersten Scherben regnete. Seltsamerweise explodierten nur die roten Glasflächen, die anderen Scheiben blieben unversehrt. Scharfkantige Splitter schossen durch den Dom wie Pfeile auf einem Schlachtfeld.

Remy, der von Minute zu Minute wieder mehr er selbst wurde, war uns gefolgt. Er war angeschlagen, doch seine Augen strahlten schon wieder in diesem Blau, das mich an das All und den Ozean erinnerte. Mit dem Türkis hatte er offensichtlich auch seine unsympathische Wächter-Attitüde verloren. Wenn wir seinen Beteuerungen glauben konnten, hatte er keine Ambitionen mehr, Shane zu verbannen. Im Gegenteil: Nachdem wir ihm die Kurzversion von Surt und Bifröst erzählt hatten, hatte Remy spontan angeboten, uns zu helfen. Ich wollte dankend ablehnen, doch Shane war der Meinung, dass wir Remys Unterstützung dringend gebrauchen konnten. Mit Blick auf das Chaos, das uns vor dem Richterfenster erwartete, musste ich ihm recht geben.

»In Deckung!« Shane, der sich zum Glück wieder völlig erholt hatte, wechselte in die Schattenform. Ich griff Remys Hand und zog ihn durch den Splitterregen zu einem kleiderschrankgroßen Beichtstuhl aus dunklem Holz in der Nähe des berstenden Fensters. Vor den Kammern, die für den Priester und die Beichtenden vorgesehen waren, hingen schwere dunkle Vorhänge.

Als wir unserem Ziel schon ganz nah waren, zersplitterten auch die Scheiben in den anderen Farben: Nun prasselten auch blaue, gelbe und grüne Scherben auf uns ein. Wir hechteten in den Beichtstuhl, rissen den schweren Vorhang hinter uns zu und atmeten erleichtert auf. Bis auf ein paar oberflächliche Schnitte auf unseren Gesichtern und Händen waren wir unverletzt.

Ich schob den Stoff ein wenig zur Seite und beobachtete das Chaos im Inneren des Doms. Neben mir tat Remy dasselbe. Es sah aus, als randalierten Vandalen im Dom. Bunte Glasscherben in verschiedenen Größen regneten auf den Beichtstuhl herunter. Die größeren Stücke bohrten sich ins dunkle Holz oder durchschnitten den Vorhang, doch der Großteil zersplitterte auf dem Boden. Eine besonders vorwitzige Scherbe verirrte sich durch den schmalen Stoffspalt vor meinen Augen und bohrte sich zwischen meine Brauen.

»Vorsicht!« Remy riss mich zurück. »Das hätte auch ins Auge gehen können«, schimpfte er und zupfte mir vorsichtig das daumengroße Glas aus der Haut. Für einen Moment verirrte ich mich in seinen Blauaugen, doch dann dachte ich an Surt.

»Ich muss da wieder raus.« Ich lugte aus dem Beichtstuhl. Den Spalt zwischen Holz und Vorhangstoff hielt ich dabei so klein wie möglich.

»Das ist viel zu gefährlich.« Remy klang besorgt. »Warte wenigstens, bis das ganze Glas aus der Luft ist.«

»Dann ist es vielleicht schon zu spät!« Mein Blick wanderte durch den Innenraum des Doms. Dann endlich entdeckte ich Surt. Er saß auf dem Altar vor dem Richterfenster, den Blick nach oben gerichtet, die Arme zu beiden Seiten ausgestreckt – und brannte lichterloh! Die Scherben, die auf ihn einprasselten, verletzten ihn nicht, denn die Hitze seines

Gebos zerschmolz sie schon weit über ihm. Jetzt hatte auch Remy ihn entdeckt.

»Was ist das? Eine Aura? Sieht aus wie ein Kokon aus Licht.«

Ich sah genauer hin. Natürlich! Das war nicht Surt, sondern Armin, umhüllt von einer feuerfarbenen, flackernden Aura.

In dem Moment brach endgültig die Hölle los: Wie Kakerlaken durch einen viel zu engen Türspalt zwängten sich unzählige Schatten durch die zerstörten Scheiben des Richterfensters. Sie warfen tennisballgroße Schwefelbomben, die nach faulen Eiern stanken und alles verätzten, was mit ihnen in Berührung kam. Eine dieser Bomben landete direkt vor dem Beichtstuhl. Ich hob den Vorhang an, um sie mir näher anzusehen.

»Zum Glück hat dein Freund dieses Licht, das ihn beschützt«, sagte Remy, der Armin fasziniert beobachtete. »Das zerstört sogar die Stinkbomben.«

»Wenn uns so ein Teil trifft, sind wir allerdings Geschichte«, hustete ich und deutete auf die tennisballgroße, wabbelige Kugel zu unseren Füßen. Sie sah aus wie ein überdimensioniertes, halbdurchsichtiges Schneckenei, aus dem eine gelbe Flüssigkeit sickerte, die sich in den steinernen Boden fraß.

Auf dem Priestersitz neben uns öffneten sich zwei gelbe Augen. Im ersten Moment war ich froh, dass uns eine Wand trennte, aber dann bemerkte ich erleichtert, dass Remy nicht wieder in den Wächtermodus schaltete.

»Surt muss ganz oben durchs Fenster«, kam Shane direkt zum Punkt. Inzwischen waren so gut wie alle Scheiben explodiert, und immer mehr Schatten zwängten sich durchs Richterfenster. Im Dom sah es aus wie in einem düsteren Hieronymus-Bosch-Gemälde: Gelber Schwefeldampf waberte über den Boden, der mit schäumenden Säurepfützen bedeckt war und über unseren Köpfen war es schwarz von Dämonen. Viele schwirrten durcheinander und feuerten Schwefelbomben ab, doch der sehr viel größere Teil hing kopfüber von der Decke und starrte mit unheimlichen gelben Augen auf uns herab. Ich fühlte mich wie eine Höhlenforscherin, die versehentlich in eine Kolonie mannsgroßer Fledermäuse geraten war.

»Wenn Surt durchs Fenster geht, ist euer Freund schutzlos«, warnte Remy.

»Er hat recht«, stimmte ich ihm zu. »Wir müssen unbedingt verhindern, dass ihn eine Schwefelbombe trifft.«

»Das übernehmen Remy und ich«, entschied Shane. »Du musst dich um Surt kümmern.«

Remy nickte entschlossen. »Ich wollte immer schon mal mit einem Dämon kooperieren.«

»Dessen Befehle befolgen, meintest du wohl«, grinste Shane. Remy musste lachen.

»Auch wenn ich mich über diese Spontanverbrüderung freue«, ging ich dazwischen, »wie wollt ihr das hinkriegen?«

»Wenn ich noch ein Wächter wäre, könnte ich die Schatten verbannen«, sagte Remy. Ich konnte nicht raushören, ob da ein Vorwurf in seiner Stimme lag. Trotzdem beschlich mich ein schlechtes Gewissen. Was, wenn meine unbedachte Türkis-Zerstörungswut jetzt dafür sorgte, dass Armin verletzt wurde? Das würde ich mir nie verzeihen.

»Keine Sorge«, beruhigte ihn Shane, »an deinem Wächterstatus hat sich nichts geändert. Der Türkis verleiht dir nur keine zusätzliche Macht mehr. Warum das so ist, erklär ich dir, wenn das hier vorbei ist.«

Remy sah wenig überzeugt aus. »Aber ich fühl mich wie ein ganz normaler Mensch.«

»Du kannst die Schatten sehen. Oder?« Shanes gelbe Augen verschwanden für einen Moment, dann öffneten sie sich wieder. »Ist das nicht Beweis genug?«

In Remys Gesicht arbeitete es. »Okay, aber selbst, wenn ich weiter ein Wächter bin: Was soll ich gegen diese Überzahl an Schatten ausrichten? Ich hab ja nicht mal mehr einen Türkis, mit dem ich sie verbannen könnte.«

Jetzt war ich mir sicher: Das mit dem Türkis würde er mir nie verzeihen. Shanes Augen rückten näher ans Gitter heran, das unsere Kammern voneinander trennte.

»Das ist nicht ganz richtig«, sagte er. »Josie, ich hab dir vorhin etwas in die hintere Hosentasche geschoben.«

Überrascht suchte ich danach. Und zog einen kleinen Splitter Türkis hervor, den Shane vor meiner Zerstörungswut gerettet hatte.

YMIR

Inmitten des Chaos fand sich Surt wieder da, wo er zu Beginn gewesen war. In einem Raum ohne Wände, in einer ewigen Weite ohne Farben, die alles war und doch nichts darstellte. Er hatte die Arme zu beiden Seiten von sich gestreckt, die Spitzen seiner Zeigefinger und Daumen aneinandergelegt und ließ das Feuer aus seinem inneren Auge brennen. Er spürte, wie sein Gebo sich in die Höhe schlängelte, Stück für Stück auf Bifröst zu. In der Welt der Träumerin, in der Armin auf dem Altar saß, würde es jeden Moment das zerstörte Fenster erreichen.

Es ist so weit, Surt. Führe uns in die NEUE WELT.

Gleich würde er die Brücke betreten können. Er hoffte, dass ihn sein Gebo schützte und die Schatten, die ihn attackierten, ihm nichts anhaben konnten. Auch sorgte er sich um Armin. Denn sobald Surt die Welt der Träumerin verlassen hatte, würde der auf sich allein gestellt sein. Doch das Mitgefühl durfte Surt nicht davon abhalten, das zu tun, wofür YMIR ihn erwählt hatte. Er, ein Erbe der SCHWARZEN AUS MUSPELLSHEIM, war der Lichtbringer, dazu auserkoren, die NEUE WELT zu begründen.

Um Surt herum kämpften die Träumerin, der Wächter und der Dämon verbissen gegen die einfallenden Schatten. Der Wächter vernichtete sie mit seinem magischen Stein, der Dämon schwenkte ein nasses, in heiliges Wasser getränktes Tuch und die Träumerin beschoss die Angreifer in schneller Folge mit Pfeilen, deren Spitzen ebenfalls mit dem heiligen Wasser benetzt waren. Doch egal, wie viele Schatten sie vernichteten, es zwängten sich immer mehr Dämonen durch das bunte Fenster in den Dom. Armin, in dem Surt steckte, kämpfte tapfer gegen seine Angst an.

Dann, endlich, erreichte Surts Gebo Bifröst.

Die neue Welt

Das Gebo der Steine floss weiter durch Anton in das Tor. Er spürte, dass seine Kraft schwächer wurde. Seine Handflächen pulsierten und der ganze Körper bebte vor Anstrengung. Schweißperlen standen auf seiner Stirn, rollten in seine Augen. Egal, was passierte, er durfte nicht aufhören, bevor er vollbracht hatte, was Heimdalls GJALLARHORN hätte vollbringen sollen.

Unaufhörlich stürzten Schatten, die den Sternenhimmel jetzt vollends verdunkelten, an Anton vorbei und zwängten sich durch die gleißenden Risse im Stein. Dann, endlich, brach das Tor mit einem dumpfen Grollen in sich zusammen. Eine blendende Feuerschlange schnellte auf Anton zu und bohrte sich in den dunklen Himmel. Gerade noch rechtzeitig ging Anton in Deckung. Die Schatten, die vom Feuer berührt wurden, verpufften kreischend. Neugierig tat er einen Schritt auf das zerstörte Portal zu, vorsichtig genug, um sich nicht am Feuerstrahl zu verbrennen.

Auf der anderen Seite der Schwelle war nichts zu sehen. Da war nur ein farbloser, unendlicher Raum. Anton schob seinen Fuß einen halben Schritt weiter vor und starrte ins Nichts. Da! Weit unter ihm! Was war das? Eine Art Raum, winzig wie eine Puppenstube, voller wütender Schatten. Sie attackierten den EINEN, der wie eine Fackel brannte, heller als damals am BRUNNEN DES MIMIR. Die Hände hatte Surt zu beiden Seiten ausgebreitet, und aus seiner Stirn schlängelte sich das Feuer. Hinter Surt kämpfte die Schwarze Träumerin zusammen mit Gefährten, die Anton nicht kannte. Da kam ihm die Prophezeiung in den Sinn. Jetzt wusste er, was er zu tun hatte. Anton ging in die Knie, beugte sich in den Abgrund und griff nach dem EINEN.

DER FEUERBRINGER

Der Berserker versprühte Pulverschnee vor Anspannung. Entfernt hörte er das laute Gebrüll von Thökk, die Bifröst gegen die Angreifenden verteidigte. Heimdall hatte sich zu ihr gesellt, um sie zu unterstützen. Weder der Goldene noch der Dämon hatten den gutmütigen Asen aufgehalten, zu gebannt starrten auch sie in die Dunkelheit. Kaum Licht fiel auf die Brücke, der Sternenhimmel war verhangen von Schatten, die zum Ende der Brücke stoben und den Regenbogen auslöschten, der sonst über Bifröst schimmerte.

Den Geräuschen zufolge hatte Anton es geschafft, das Tor zu öffnen. Doch warum geschah nichts? Neben dem Berserker presste Balder zornig die Lippen aufeinander. Dass der Ase es nicht wagte, Anton selbst nachzusetzen, konnte doch nur ein Zeichen dafür sein, dass er die Rückkehr des EINEN befürchtete? Der Dämonenfürst, bedroht von Lokis Speerspitze, rührte sich ebenfalls nicht.

Balder warf Odin einen vernichtenden Blick zu. »Bist du jetzt zufrieden, Vater? Du hast dein eigenes Volk verraten. Ich schäme mich für dich.«

Odin sah seinen Sohn traurig an. Tränen rollten aus seinem Auge.

»Nicht ich habe die Asen verraten. Das ist allein dein Verdienst.«

Balders Gesicht verzog sich zu einer abweisenden Fratze. »Ich habe nur versucht, deine Fehler wiedergutzumachen. Die WELT braucht eine starke Hand.«

»Sie braucht Liebe und Gerechtigkeit«, widersprach Odin. »Und einen Neuanfang, den nur YMIR bringen kann.«

Der Goldene spuckte angeekelt aus. »Glaube ja nicht, dass das hier das Ende ist. Ich werde nicht ruhen, bevor wieder wir Asen herrschen.«

Loki deutete nach vorn, wo Bifröst in der Dunkelheit verschwand. »Da! Seht ihr das auch?«

Der Berserker starrte suchend in die Ferne. Doch außer den Schatten, die den Himmel schwärzten, konnte er nichts erkennen.

Odin stützte sich schwer auf seinen Wanderstab. »Der EINE ist es nicht.«

Balder streckte sich hochmütig. »Es geschieht so, wie die Raben es vorhergesagt haben: Der EINE kehrt nicht zurück.«

Der Berserker starrte weiter in die Ferne. Und dann sah er es auch: Da bewegte sich etwas. Jemand rannte auf sie zu!

»… der Brücke!«

»Ist das Anton?«, fragte der Berserker. Sein Herz klopfte, und das Eis in ihm splitterte vor Aufregung.

»… von der Brücke!«

Je näher er kam, desto besser konnte der Berserker Anton erkennen. Der Zwerg wedelte mit den Armen und rannte, als wäre ihm der Fenriswolf auf den Fersen. Und ihm folgte jemand.

»Das ist die Träumerin!« Lokis Stimme überschlug sich. Der Berserker schöpfte Hoffnung.

»Wenn Josina hier ist, kann mein Vetter nicht weit sein!« Gebannt beobachtete er das Geschehen. Die Träumerin blieb stehen und ging in die Hocke. Sie spannte ihren Bogen und schien auf etwas zu warten.

Kurz darauf schälte sich hinter ihr das Feuer des EINEN aus dem Dunkel. Surt schritt mit ausgebreiteten Armen über Bifröst. Er stand in Flammen und das gleißend helle Feuer, das aus seinem inneren Auge brannte, formte sich weit über seinem Kopf zu einer Kugel. Die Träumerin zielte, ließ die Sehne ihres Bogens los, und ein schnurgerader Pfeil schnellte davon. Er traf den Feuerball und zog ihn mit sich in den Himmel. Augenblicklich verschwand die finstere Düsternis, und es wurde taghell: Die Schwarze Träumerin hatte das Feuer des EINEN zur Sonne gemacht!

Der Meister der Steine war jetzt nur noch einen Steinwurf entfernt. Er winkte weiter hektisch mit den Armen.

»Runter von der Brücke!«

Jetzt endlich verstand der Berserker, warum es der Zwerg so eilig hatte: Nicht nur der EINE brannte. Ganz Bifröst stand in Flammen und würde jeden Moment in sich zusammenbrechen!

NUR GETRÄUMT

Ich erwachte in meinem Bett und versuchte, mich zu erinnern. Was war im Dom passiert? Hatte Surt es geschafft? Wie war ich nach Hause gekommen?

Bilder von Shane, Remy und mir kamen mir in den Sinn. Wie wir einen aussichtslosen Kampf gegen ein unfassbar großes Schattenheer kämpften. Shane in seiner festen Form, einigermaßen geschützt von seinem Dämonengebo, das ihn wie eine dunkel schimmernde Aura umgab. Er hatte seinen Schal in Weihwasser getaucht und wirbelte ihn wie ein Nunchaku durch die Luft. Die Schatten, die von den geweihten Tropfen getroffen wurden, zerplatzten laut kreischend zu Staub.

Auch Remy war nicht zimperlich. Er vernichtete die Dämonen mit dem Stückchen Türkis, das Shane vor meiner Zerstörungswut gerettet hatte. Der Stein strahlte zwar nur ein sehr schwaches Licht ab, doch die Schatten, auf die er es richtete, zerstoben augenblicklich zu Asche. Anscheinend konnten unreife Schatten nicht verbannt, sondern nur vernichtet werden.

Ich wiederum benutzte Pfeil und Bogen, die Pfeile zur Sicherheit auch in Weihwasser getaucht. Die Anzahl in meinem Köcher schien unendlich zu sein: So oft ich auch neu anlegte, gefühlt ging der Nachschub an Pfeilen nicht aus.

Auf dem Altar erhob sich Armin. Er sah hoch zum Richterfenster und aus seiner Stirn schlängelte das Feuer so gemächlich wie eine satte Python. Kaum war es oben angekommen, brach Armin zusammen. Surt aber blieb stehen, eine brennende Lichterscheinung mit zur Seite ausgebreiteten Armen.

Zeitgleich hechtete Shane zu Armin. Mit seinem Körper schützte er ihn vor den herabprasselnden Säurebomben, hievte ihn in den Beichtstuhl und zog den Vorhang zu.

Ich beobachtete weiter Surt und das Richterfenster. Noch hatte ich keine Ahnung, was ich tun musste. Doch dann tauchte oben, hinter dem Richterfenster, ein riesiges graues Augenpaar auf. Es dauerte, bis ich kapierte, dass es Anton war, der da auf uns herabstarrte.

Seine riesige Hand griff durchs mittlerweile völlig zerstörte Fenster. Mein erster Impuls war, Anton außer Gefecht zu setzen, schließlich hatte er uns am GAP GINNUNGA verraten. Doch dann erkannte ich, wie zwecklos das war. Meine Pfeile würden wie Akupunkturnadeln in seiner Haut stecken bleiben und ihn niemals davon abhalten können, Surt zu greifen.

Deshalb nahm ich Anlauf, sprang auf Surts Rücken und klammerte mich fest. Gerade rechtzeitig, denn im nächsten Moment umschlossen uns Antons Finger und zogen uns aus dem Dom auf die andere Seite der Brücke.

Vor meinen Augen wurde es dunkel, dann grellweiß und kurz darauf fanden wir uns auf Bifröst wieder. Anton, der jetzt seine normale Größe hatte, stand etwas entfernt. Er sah angestrengt aus, mit verschwitztem Gesicht und blutunterlaufenen Augen.

So weit, so unmöglich. Das alles musste ich geträumt haben! Doch wann hatte der Traum begonnen? Ich war definitiv noch wach gewesen, als ich mit Shane und Armin in den Dom gegangen war. Und auch, als ich mit Remy gekämpft hatte und in letzter Sekunde verhindern konnte, dass er Shane verbannte.

Oder doch nicht? Der Pfeil, mit dem ich Remy den Türkis aus der Hand geschossen hatte, die Martial-Arts-Moves, mit denen ich ihn besiegt hatte – wenn ich es genau überlegte, musste ich da schon geträumt haben!

Oder hatte der Traum erst begonnen, nachdem Anton uns auf die Brücke geholt hatte? Als er vor uns her zur anderen Seite rannte und ich mal eben für Licht sorgte, indem ich eine neue Sonne ans Firmament schoss? Ein Teil der Seelenlosen floh rechtzeitig, doch der Großteil der Schatten zerplatzte wie Seifenblasen in ihrem Lichtschein.

Wir folgten Anton zum anderen Ende der Brücke, wo uns die Gefährten erwarteten. Ich lief vor Surt, der heißer brannte als jemals zuvor. Doch diesmal hatte er alles unter Kontrolle, dank YMIR, der von nun an untrennbar in ihm steckte.

Mit jedem Schritt, den Surt über die Brücke machte, hinterließ er brennende Fußabdrücke, die den Bernstein Bifrösts zum Schmelzen brachten. Schon bald loderte in unserem Rücken ein einziges Flammenmeer und flüssiger Bernstein, der im Fallen zu Asche wurde, tropfte in die Tiefe. Der dämonische Schwefelgeruch, der über Asgard lag, wich dem Duft von würzigem Baumharz.

Als Surt und ich die Brücke verließen, erlosch sein Feuer. Hinter uns war Bifröst zerstört: Die einst so imposante Brücke war jetzt ein trauriger Haufen Asche, der sich im Wind verteilte. Die Gefährten, die uns in sicherer Entfernung erwarteten, jubelten uns zu. Der EINE hatte die Prophezeiung erfüllt: Eine NEUE WELT war entstanden.

Der Berserker zog Surt als erstes in die Arme. Er weinte glitzernde Eiskristalle. Etwas abseits schilderten Heimdall und Thökk einander aufgepeitscht ihre besten Kampfmoves. Odin lobte mich für meinen Mut, und Loki preiste YMIR für die weise Entscheidung, mich zur Schwarzen Träumerin gemacht zu haben. Anton war der Einzige, der sich nicht überschwänglich freute, wohl auch, weil Balder und der Dämonenfürst entkommen waren und er keine Hoffnung hatte, seine Frau jemals wiederzusehen.

Eigentlich ein toller Traum. Nur konnte mich nicht daran erinnern, dass ich den Dom verlassen hatte, um in meinem Bett einzuschlafen.

Ich setzte mich auf und berührte meine Stirn. Sie war unversehrt, als ob nie eine Glasscherbe darin gesteckt hatte.

Stand ich vielleicht noch im Dom und träumte? Oder hatte ich ihn nie betreten? Hatte ich das alles nur geträumt? Oder war ich wach *und* träumend gewesen – vielleicht mit Hilfe eines Korridors, so wie Toni ihn in der Pizzeria und bei der Geburt eröffnet hatte?

Dann kam mir ein neuer Gedanke: Wann war ich das letzte Mal wirklich schlafen gegangen? Schlief ich am Ende immer noch? Was, wenn ich mir Shane, Kamilles Baby, Remys Stachel und sogar Armin nur erträumt hatte? Lag ich vielleicht mit einem Burn-out auf dem Sofa, mit dem *Tristan* in der Hand und der ärztlichen Anweisung, mal loszulassen und mich zu erholen?

Meine Zimmertür öffnete sich. Remys Kopf kam zum Vorschein. Ich sah ihn irritiert an. Was machte er denn in der WG?

»Morgen«, lächelte er und stieß die Tür weiter auf. In der Hand hielt er zwei dampfende Tassen, von denen er mir eine reichte. Dabei fiel mein Blick auf seine Hände. Sie waren voller Schnittwunden! Auch sein Gesicht war verkratzt.

»Eisenkrauttee. Und in der Küche warten Kamille, Shane und Toni mit dem Frühstück.«

Ich nahm ihm die Tasse ab und sortierte meine Gedanken. »Also waren wir gestern Abend im Dom.«

Remy setzte sich auf die Bettkante. Er trug die schwarzen Klamotten vom Abend zuvor, nur Schuhe, Mütze und Mantel hatte er abgelegt. Die Fältchen um seine Augen verrieten, dass er nicht besonders viel Schlaf abbekommen hatte. Merkwürdigerweise fühlte ich mich total ausgeruht.

»Soweit ich es verstanden habe, warst du im Dom. Und hast geträumt«, antworte er. Ich nickte stumm. Das erklärte zumindest, warum ich ausgeschlafen war. Remy gähnte. »Shane hat's mir genauer erklärt, aber ich hab kein Wort verstanden. Irgendwas mit einem Korridor.« Ich schwieg. Er sah mich forschend an, mit Augen, die wieder so blau und tief waren wie der Ozean und das All. »Ich hoffe, es ist okay, dass ich hier bin. Falls nicht, geh ich natürlich. Ich dachte nur …« Er ließ den Satz unvollendet.

»Ich muss erstmal verarbeiten, was passiert ist«, sagte ich ausweichend. Ich war mir nicht sicher, wie ich es fand, dass er hier vor mir auf dem Bett saß. Remy wechselte das Thema.

»Das war so abgefahren gestern Abend. Als du verschwunden warst, verschwand auch das Chaos im Dom. Die Schatten lösten sich auf, die Säure verdampfte, und die Löcher im Boden bildeten sich zurück. Zum Schluss flogen die Scherben wieder hoch ins Richterfenster. Keine zehn Minuten später sah es aus, als ob nie was passiert wäre. Shane und ich haben Armin dann nach Hause gebracht und den Rest der Nacht geredet.«

»Habt ihr Frieden geschlossen?«, fragte ich hoffnungsvoll. Remy lächelte.

»Shane hat mir von dem Stachel erzählt. Ich bin so froh, dass du mir das Ding gezogen hast. Jetzt verstehe ich erst, was mit mir los war. Und ja: Ich hab kapiert, dass nicht alle Dämonen gefährlich sind. Und ich weiß jetzt, dass Wächter wie ich nicht automatisch die Guten sein müssen.«

Ein Erinnerungsfetzen an unseren Kampf um den Türkis kam mir in den Sinn. Diese schwarzen, hasserfüllten Augen, mit denen Remy mich angesehen hatte, würde ich so schnell nicht vergessen.

»Schon merkwürdig, dass du nicht nur einen Stachel hattest, sondern auch zum Wächter wurdest, oder?«, überlegte ich laut. »In der Kombination hätte das für Surt in einer Katastrophe enden können.«

»Das war kein Zufall. Shane glaubt, dass Balder und der Dämonenfürst das eingefädelt haben.« Remy zog den Türkissplitter aus der Hosentasche, mit dem er im Dom die Schatten bekämpft hatte. »Ich bin übrigens so ausgerastet, weil der Türkis mit Asenmagie belegt war. Als du den Stein zerstört hast, konnte Shane wahrnehmen, wie sich der Zauber auflöste.« Ich stellte meine Tasse ab und sah mir den traurigen Rest des Steins genauer an. Ein flaches, scharfkantiges Teil, gerade mal so groß wie mein Daumennagel, das kaum wahrnehmbar leuchtete.

»Der pulsiert ja immer noch«, wunderte ich mich.

»Keine Sorge, der Stein erkennt mich als Wächter, deshalb strahlt er das Licht ab. Aber der Zauber, mit dem er belegt war, ist gebrochen. Ich raste also nicht mehr aus, wenn ich einem Wesen begegne, das nicht aus dieser Welt ist.«

Ich gab Remy den Steinsplitter zurück. Balder und der Dämonenfürst hatten also tatsächlich erreichen wollen, dass er den EINEN aus dieser Welt verbannte. Zum Glück war ihr Plan nicht aufgegangen und Remy wieder der Alte. Es gab nur ein Problem: Was bedeutete das für uns?

Gewissheit

Anton saß im Garten hinter seinem Haus, klopfte die Pfeife aus und griff zum Beutel mit dem Nornenkraut, das Surt ihm geschenkt hatte. So schön es auch war, dass sich die Prophezeiung erfüllt hatte, zum Besseren gewendet hatte sich für ihn nichts. Wie erwartet war Brigid nicht zurückgekehrt, Balder hatte sie nicht aus dem Dämmerschlaf geweckt. Auf Antons Bitte hatte Skuld Brigids Lebensfaden zerschnitten, so hatte der Goldene zumindest keine Macht mehr über sie. Loki wiederum hatte seine Tochter Hel gebeten, Brigid im Totenreich einen freundlichen Empfang zu bereiten.

Anton stopfte die Pfeife, entzündete das Kraut und inhalierte es nachdenklich. Sofort entstand in seinem Kopf eine tröstende Leichtigkeit, und das drängende Verlangen, in einen der Vulkane MUSPELLSHEIMS zu springen, um Brigid in HEL Gesellschaft zu leisten, löste sich auf.

Er spürte die Sonne auf seiner Haut und beobachtete seine älteste Tochter Esmee, die nur einen halben Steinwurf entfernt die Enten fütterte. Ihr Neugeborenes, Antons erstes Enkelkind, lag im Schatten neben ihm, in einem Körbchen, das er aus Weidenruten geflochten hatte. Traurig dachte Anton daran, dass das Baby ohne Großmutter aufwachsen würde. Es war also an ihm, die Erinnerung an Brigid in Geschichten und Liedern zu bewahren.

DER PAKT MIT HEL

Der Berserker saß am Knochenufer und starrte gedankenversunken auf den ruhig fließenden GJÖLL. Die Gegend hier war nicht eben kalt, aber auch nicht warm. Am Ufer des Flusses wuchsen einige Bäume und dornige Brombeersträucher. Und anstelle von Sand oder Steinen war der Boden mit den Knochen von Verstorbenen bedeckt, deren Seelen längst in das Totenreich der Göttin Hel eingekehrt waren.

Vieles hatte sich verändert, seitdem sein Vetter ihn zum Gefährten gemacht hatte. Nichts war so gekommen, wie er es sich erdacht hatte. Obwohl er immer ein Mönch werden wollte, hatte das Leben ihn zum Söldner gemacht. Die Prophezeiung hatte diesen kriegerischen Anteil in ihm glauben lassen, dass es seine Bestimmung war, den EINEN zu beschützen. Doch als Surt in den GAP GINNUNGA gefallen war, war es nicht der Krieger, sondern der Mönch in ihm gewesen, der die sterbende KRAFT der Schwarzen Träumerin in den Tod begleitet hatte. Mit dem Verschwinden der Sonne hatte er die Mönchsweihe vollzogen. Nur um jetzt, in der NEUEN WELT, sowohl den Söldner als auch den Mönch hinter sich zu lassen? Was dachten sich die Nornen dabei, seinen Lebensfaden so verquer zu verknüpfen?

»Das Grübeln hilft dir auch nicht weiter.« Thökk war aus einer der Höhlen gekommen, die das weiße Felsmassiv in seinem Rücken durchzogen. Die Höhlen waren trocken und gemütlich und dienten ihnen als Schlaf-, Speise- und Wohnkammern. Thökk hielt ihm eine Schale mit Obst und Wurzelgemüse hin. »Iss etwas. Hungrig trifft man keine guten Entscheidungen.« Sie setzte sich neben ihn und stellte die Schüssel ab.

Sein Blick fiel auf einen Totenschädel zu seinen Füßen, der halb verdeckt zwischen verschieden großen Hand- und Beinknochen lag. Seit vielen RAGNARÖKS wanderten nicht nur diejenigen, die das Alter oder Krankheiten dahingerafft hatten, am Ufer des GJÖLL entlang über eine schmale Brücke zur Pforte des Totenreichs. Auch Totgeweihte waren darunter, die nicht mehr am Leben hingen und darauf hofften, dass Hel sie einließ.

»Was sollen wir tun?« Der Berserker nahm Thökks Hand. Wo seine Kälte auf ihre Wärme traf, perlten glitzernde Wassertropfen aus seinen Poren. »Kannst du dir vorstellen, hier zu leben?«

Thökk lachte und zog ihn an einem seiner beiden Bartzöpfe. Sie liebte es, mit Haaren umzugehen, und seit sie ein Paar waren, frisierte sie ihn jeden Tag neu. Heute hatte sie seine Haare und den Bart geflochten. So, wie sie ihn ansah, war sie mit dem Ergebnis sehr zufrieden.

»Es ist egal, wie wohl wir uns hier fühlen. Hel und Surt glauben fest daran, dass Balder und der Dämonenfürst einen Umsturz planen. Schon etliche Seelen wurden von Seelenlosen angegriffen und entführt, bevor sie das Totenreich betreten konnten. Die beiden wollen ihr Heer vergrößern und den EINEN vom Thron stürzen!«

Der Berserker brummte amüsiert. »Surt ist nicht mal gekrönt und du denkst schon an einen Umsturzversuch.«

Thökk schnaubte. Aus ihren Nasenlöchern stoben feurige Funken, und ihre bernsteinfarbenen Augen brannten vor Entschlossenheit.

»Wir müssen verhindern, dass sie ihren Plan in die Tat umsetzen«, sagte sie. »Wir müssen Hel helfen.«

»Willst du das hier wirklich?« Der Berserker machte eine ausladende Bewegung, die den Felsen mit den Höhlen, den Fluss, den angrenzenden Wald und auch sich selbst miteinschloss. »Ein Leben am Rand der Unterwelt? Einen Pakt mit Lokis Tochter? Einen weiteren Krieg gegen die Schatten des Dämonenfürsten?«

Thökk sah ihn entschlossen an. Dann überzog ein Lächeln ihr Gesicht. »Ja. Mit dir an meiner Seite.«

Der Berserker brummte verliebt, und sein Gebo schlug kalte Wellen. »Dann soll es so sein.«

Die Krönungsfeier

Surt stand im Thronsaal und sah aus dem Fenster hinunter auf seine Untertanen. So also fühlte es sich an, ein Herrscher zu sein. Er sah die Asen Heimdall, Frigg und Tyr und die Wanengeschwister Freyja und Freyr. Sie standen zusammen mit Angehörigen der Clans der Riesen, Zwerge, Amazonen und Alben. Auch Wesen aus der ALTEN WELT waren darunter und sogar beseelte Dämonen waren gekommen, um seiner Krönung beizuwohnen. Jetzt, kurz nach der Zeremonie, standen sie alle im Hof zusammen, tranken Bier und Met, redeten und lachten und warteten darauf, ihm für seine neue Aufgabe Glück und gutes Gelingen zu wünschen. Doch Surt war noch nicht danach, sich unter die Menge zu mischen. Zu viele Gedanken und widerstreitende Gefühle kämpften in ihm.

Einerseits war er froh und erleichtert, dass er YMIR zurückgebracht und die NEUE WELT begründet hatte. Der Ur-Riese war jetzt ein Teil von ihm, er sprach und wirkte durch ihn. Die Wesen aus der ALTEN WELT konnten YMIR sogar wahrnehmen, wenn Surt vor ihnen stand, seine Krönung hatten sie deshalb alle begrüßt. Doch so schön es auch war, die NEUE WELT florieren zu sehen und von allen Seiten Zuspruch zu erhalten, so schwer fiel es ihm, die Einsamkeit zu ertragen, die ihn wie ein schweres Tuch bedrückte. Kein Moment verging, in dem er nicht an die Amazone dachte.

Unten im Hof begann eine Zwergenfamilie zu tanzen. Erwachsene und Kinder bildeten einen Kreis, fassten sich an den Schultern und warfen abwechselnd die Beine in die Höhe. Surt lächelte. Zwerge waren mit Abstand die schlechtesten Tänzer, hatten aber am meisten Spaß daran, sich im Takt zur Musik zu bewegen. Er musste an Anton denken. Den Verrat hatte er dem Meister der Steine vergeben, letztendlich hatte auch Anton nur das erfüllt, was das Schicksal ihm zugelost hatte. Der Krönung war der Zwerg trotzdem ferngeblieben, zu groß war die Trauer über den Verlust seiner Frau. Als Krönungsgeschenk hatte Anton ihm ein wertvolles Geschenk geschickt: einen mächtigen, flachen Stein an einer Kette, der Surt vor der Asenmagie Balders beschützen sollte.

Die Türen zum Thronsaal öffneten sich, und die Schwarze Träumerin trat auf ihn zu. Sie trug festliche schwarze Hosen, ein dazu passendes schwarzes Hemd und erinnerte ihn einmal mehr an die Amazone. Ihre schwarzen Locken waren zu kleinen Knoten gebunden, die von ihrem Kopf abstanden. An Armen und Fingern trug sie silberne Ringe.

»Das war eine schöne Zeremonie«, lächelte sie. »Warum kommst du nicht runter? Die Leute warten auf dich. Und ich will mit dir anstoßen, bevor meine Zeit rum ist und ich aufwachen muss.«

»Ich habe an die Amazone gedacht.«

Die Träumerin schien etwas sagen zu wollen, überlegte es sich aber anders. Eine Weile schauten sie schweigend aus dem Fenster. Inzwischen tanzten nicht nur die Zwerge, auch Amazonen und Angehörige der Riesenclans hatten sich dazugesellt.

»Vielleicht wurde sie ja wiedergeboren?«, durchbrach Josina die Stille. Surt lehnte den Kopf an die Scheibe und ließ seine Augen schweifen. Jetzt sah er durch das magische Glas nicht nur die Gäste seiner Krönungsfeier, er sah alles und jeden, die NEUE WELT in all ihrer Schönheit. Niemand musste mehr in Reservaten leben, die Ausbeutung der heiligen Wälder hatte ein Ende, und die magischen Berge standen wieder unter dem Schutz der Zwerge. Die Apokalyptiker hatten sich aufgelöst, die meisten Mitglieder waren friedlich zu ihren Gemeinschaften zurückgekehrt. Auch die Mehrheit der geborenen, beseelten Dämonen hatte sich vom Dämonenfürsten abgewendet, die wenigen, die ihm die Treue hielten, waren untergetaucht. Nur über das mächtige Heer der seelenlosen Schatten hatte er noch Macht. Liebe, Frieden und ein ehrliches Miteinander prägten die NEUE WELT.

»Surt?« Josina sah ihn mitfühlend an. »Willst du nicht wenigstens versuchen, sie zu finden? Sie ist schon einmal wiedergeboren worden. Warum nicht nochmal? In HEL ist sie jedenfalls nicht. Ich hab Loki gefragt, und der ist sich absolut sicher. Und Odin meint, dass sie auch keine EINHERJER geworden ist. Das kann doch nur bedeuten, dass sie lebt.«

»Selbst, wenn sie lebt«, Surt löste sich von der Scheibe und wandte sich zur Träumerin um, »heißt das nicht, dass auch ihre Gefühle für mich überlebt haben.«

Die Türen zum Saal schwangen erneut auf. Der Berserker trat ein, Hand in Hand mit Thökk, hinter ihnen folgten Odin und Loki. Josina winkte ihnen zu. Dann sah sie Surt entschuldigend an.

»Oh nein, mein Wecker klingelt. Schade, ich hätte zu gern gewusst, was Odin …« Damit verschwand sie. An ihre Stelle traten die anderen Gefährten.

»Wir haben etwas für dich«, sagte Odin.

»Bedank dich bei deinem Vetter. Sein Gebo hat es erst möglich gemacht«, fügte Loki hinzu.

Der Berserker hob die Hand. »Ich habe damit am allerwenigsten zu tun.«

Surt versuchte sich an einem Lächeln. Sie konnten ja nichts dafür, dass ihm nicht nach Feiern zumute war. »Lasst mich raten: Ihr schenkt mir eine Eisskulptur.«

Der Berserker und Thökk lachten.

»Gut geraten, aber nicht annähernd richtig.« Odin hob seinen Wanderstock und stieß ihn mit aller Macht auf den Boden. Augenblicklich geriet die NEUE WELT aus den Fugen. Oben und unten verschmolzen ineinander, rechts und links lösten sich auf.

Als die Umgebung wieder zusammenfloss, fand sich Surt zusammen mit den Gefährten in einem kalten Iglu wieder. In der Mitte, auf einem hüfthohen Podest, stand ein Sarg aus durchsichtigem Eis. Er traute seinen Augen kaum: Es war das Totenbett der Amazone! Sein Gebo loderte auf und wühlte sich durch seinen Körper. Nur mit Mühe konnte er es in sich behalten. Trotzdem erwärmte sich die Luft schlagartig, die Wände des Iglus tauten und dem Berserker tropfte das Wasser aus den Poren. Surt tat einen zaghaften Schritt auf das Totenbett zu. Die Amazone trug die typische Kluft der Hohepriesterinnen, und eine schmale Maske lag auf ihrem Gesicht, die nur ihre geschlossenen Augen umrandete und den Nasenrücken bedeckte. Tränen brannten in seinen Augen, und die Last, die sein Herz bedrückte, war kaum zu ertragen. Wenn die Gefährten glaubten, ihm mit diesem Anblick eine Freude zu machen, dann irrten sie.

»Loki hat sie im Tod in ihre alte Form zurückverwandelt«, sagte Odin. »Und dass sie zur KRAFT wurde, war auch sein Verdienst, er hat Hel gebeten, ihr den Wunsch zu erfüllen, dir zur Seite zu stehen. Auch wenn es bedeutete, dass sie dafür erst ihren Körper und dann ihr Leben geben musste.«

Die Worte des Asen rauschten durch Surts Ohren. Er wollte nicht hören, dass sie ihr Leben für ihn und die NEUE WELT geopfert hatte. Er wollte nicht hören, dass Loki dabei seine Finger im Spiel hatte. Er wollte diesen Ort verlassen und nie wieder zurückkehren. Odin stellte seinen Wanderstock beiseite und legte seine Hände über Herz und Nabel der Amazone. Angespannt beobachtete Surt jede Bewegung des Asen. Da! Um die Hände Odins keimte purpurfarbenes Licht auf, das langsam heller wurde. Surts Gedanken überschlugen sich, so schnell, dass er keinen fassen konnte. Was hatte das zu bedeuten?

Das purpurfarbene Licht breitete sich weiter aus, bald lag es über dem ganzen Körper der Amazone. Ohne darüber nachzudenken, beugte Surt sich über sie und küsste sie auf die Stirn. Und dann, als er es schon gar nicht mehr zu hoffen wagte, schlug sie die Augen auf. Sein Herz stolperte vor Glück: Ihr Blick sagte, dass sie ihn nicht vergessen hatte.

EPILOG

Drei Monate ist es jetzt schon her, seit Surt und ich unsere Welten gerettet haben. Seitdem ist Einiges passiert.

Zuallererst: Mein Burn-out ist endgültig Geschichte. Ich lerne von Tag zu Tag, mich besser abzugrenzen gegen Dinge, die mir nicht guttun. Außerdem wurde ich endlich befördert, Holger ist also nicht mehr mein Vorgesetzter. Während er jetzt niemandem mehr seine Arbeit aufdrücken kann, habe ich – trotz größerer Verantwortung im Job – spürbar mehr Freizeit. Und die opfere ich garantiert nie wieder für die Hoffnung auf den nächsten Karriereschritt.

Die Beben im Dom haben aufgehört, für mich das sicherste Zeichen dafür, dass erst mal keine Apokalypse mehr losbricht. Zumindest keine, die ihren Ursprung in der NEUEN WELT hat, denn da hat Surt, der neue Herrscher, alles im Griff. Seine erste Amtshandlung war es, die regelmäßigen Things wiedereinzuführen, die unter den Asen verboten waren. Bei diesen Versammlungen entscheiden Gesandte der verschiedenen Völker gemeinschaftlich über alles, was die Belange der WELT betrifft. Surt selbst fungiert dabei als eine Art Vermittler, falls es zu Unstimmigkeiten kommt. An seiner Seite steht die Amazone, die nicht nur seine Gefährtin, sondern auch die Befehlshaberin seiner Armee ist. Wer auch immer in Zukunft eines der Völker oder die neue Ordnung der WELT bedroht, sollte sich warm anziehen, denn mit ihr ist nicht zu spaßen. Ich bin ihr in meinen Träumen jetzt schon ein paar Mal begegnet. Und es überrascht mich immer wieder, wie sehr sie mich an die KRAFT erinnert. Nur, dass sie eben keine kleine aufmüpfige Motte, sondern eine imposante Kriegerin ist, die wenig Worte macht. Dass sie immer eine Maske trägt, finde ich etwas irritierend, besonders weil sie es eigentlich gar nicht mehr müsste. Aber wie heißt es hier im Rheinland so schön: Jede Jeck is anders.

In der NEUEN WELT herrscht also endlich Frieden. Die meisten Asen haben kein Problem damit, dass jedes Wesen endlich frei entscheiden darf, wo und wie es leben will. Viele Asen haben sogar Freundschaft geschlossen mit den Angehörigen der Riesen-, Zwergen- und Albenclans und all den anderen Wesen, die sich da noch so tummeln. Und nicht nur das: Heimdall zum Beispiel hat es sich zur Aufgabe gemacht, die heiligen Bäume der Alben vor den Wilderern zu beschützen, einer zwielichtigen Gemeinschaft, die sich aus den wenigen ehemaligen Apokalyptikern zusammengetan hat, die Surt als Regenten ablehnen. Ich glaube ja, dass hinter diesen Wilderern wieder mal Balder steckt, aber Genaueres weiß ich bisher nicht.

Anton geht es den Umständen entsprechend. Wenn ich ihn besuche, sitzen wir meist vor dem Haus, rauchen Pfeife und schweigen zusammen. Dass er sich um sein Enkelkind kümmern kann, lenkt ihn etwas ab von dem Verlust seiner Frau. Und das Strahlen in seinen Augen, wenn er das Baby im Arm hält, lässt mich hoffen, dass er seine Trauer irgendwann überwinden und wieder glücklich sein kann.

Der Berserker und Thökk leben jetzt in der Unterwelt. In einer gemütlichen Höhle am Knochenufer, das Teil des Totenpfades ist. Wann immer ich mich zu ihnen träume, ist Kampfaction angesagt, denn die zwei beschützen die Toten und Todgeweihten, die auf dem Weg nach HEL sind, vor den Angriffen der seelenlosen Schatten. Inzwischen ist klar, dass der Dämonenfürst hinter den Attacken steht.

Odin und Loki habe ich schon länger nicht gesehen. Von Surt weiß ich nur, dass sie auf Wanderschaft sind. Wohin oder wie lange sie unterwegs sein werden, haben sie niemandem verraten.

In der NEUEN WELT läuft also alles rund. Was man von meiner persönlichen Welt leider nicht ganz behaupten kann. Toni steckt nämlich mitten in der Pubertät und das ist, freundlich formuliert, eine absolute Katastrophe. Mit dem dreizehnten Lebenstag stoppten zwar die Wachstumsschübe, genauso, wie Shane es vorausgesagt hatte. Aber damit fingen die Probleme erst richtig an. Toni entpuppte sich als ein niedliches, selbstbewusstes Schwarzes Mädchen, das vollkommen unerfahren ist, was ihre Dämonenkräfte angeht. Shane gibt alles, um sie zu unterrichten, trotzdem sendet sie ein Gefühlswirrwar aus, das uns in der WG komplett hysterisch macht. In einem Moment bin ich glücklich, im nächsten Moment heule ich, dann packt mich die Wut und alles geht wieder von vorn los. Shane hat jetzt ein Internat im Sauerland ausfindig gemacht, für Kinder mit »unerklärlichen« Begabungen (mit anderen Worten: Dämonenkinder). Klingt ziemlich perfekt für Toni, die da unbedingt hin will, aber Kamille hadert damit, ihr Baby ziehen zu lassen. Ich kann sie verstehen, immerhin ist die Geburt nicht mal vier Monate her, sie hatte ja noch gar keine Zeit, sich emotional abzunabeln. Geschweige denn, ihrer Familie zu stecken, dass sie Mutter geworden ist. Ich bin sehr gespannt, wann und wie Kamille diese Informationsbombe platzen lassen wird. Ich gehe fest davon aus, dass auch das in einer mittleren Katastrophe endet.

Aber egal, wie chaotisch es momentan ist: Ich bin froh, Teil von Kamilles Dämonenfamilie zu sein. In einem Monat ziehen wir übrigens um: Zwei Zimmer mehr, drei Straßen weiter, kaum teurer als die alte Wohnung – dank Gerta, die einen Narren an Toni gefressen hat und inzwischen regelmäßig bei uns zu Besuch ist.

Auch Armin sehe ich oft. Er und Sina sind zusammengezogen, und so, wie ich das von außen beurteilen kann, ist es die ganz große Liebe. Sina ist eine einfühlsame, selbstbewusste Frau, die vielleicht sogar bald meine Kollegin wird: Sie hat sich als Kamerafrau beim Sender beworben!

Tja, und Viola ist spurlos verschwunden. Kein Abschiedsbrief, keine Mail, und ans Handy geht sie auch nicht. Ob dahinter schon das nächste Unheil steckt? Im Grunde war auch sie ein Spielball von Balder und dem Dämonenfürsten. Ich fand sie maximal unsympathisch und bin froh, dass sie keine Rolle mehr in meinem Leben spielt, aber es würde mich doch freuen zu wissen, dass es ihr gut geht. Shane hat sich der Sache angenommen, mal sehen, was er so herausfindet.

Und dann sind da noch Remy und ich. Endlich haben wir die Chance, uns richtig kennenzulernen. Wir verbringen viel Zeit miteinander und reden über unsere Träume, Wünsche und Hoffnungen. Ob ich noch eine Beziehung mit ihm will, weiß ich grad nicht. Die paar Schmetterlinge in meinem Bauch, die die letzten Monate überlebt haben, sind hin- und hergerissen. Die Zukunft wird zeigen, ob Remy und ich gute Freunde bleiben oder ob mehr aus uns wird. Mich stresst das nicht mehr. Denn eins habe ich gelernt: Ich brauche keine Beziehung, um glücklich zu sein. Enge Freund*innen und verlässliche Gefährt*innen sind mir sehr viel wichtiger.

NACHWORT

Nach meinem Roman *Elektro Krause* habe ich lange überlegt, ob es ratsam ist, Josinas Geschichte zu erzählen. Ich habe sie viele Jahre vor dem Geisterjägerinnen-Stoff mit mir herumgetragen, sie immer mal wieder fortgeschrieben und erst viel später abgeschlossen. Der Schreibprozess war für mich, ebenso wie für meine Figuren, eine Reise in unbekannte Gefilde, ich hatte jede Sekunde Spaß daran.

Dann jedoch ereignete sich ein erneuter Anschlag gegen nicht deutsch – weil nicht weiß – gelesene Menschen in unserem Land, und meine Wut, mein Frust und mein Ärger zogen mich raus aus der Anderswelt mit ihren klischeehaften Held*innen und Romantasy-Tropes, und *Elektro Krause* wurde geboren.

Wer denkt, dass dieses Abenteuer mit Kassy Krauses Geschichte vergleichbar ist, liegt falsch.

Oder vielleicht doch nicht?

Ich bin Schwarz. Und deutsch. Ich bin ein Teil dieser Gesellschaft, ebenso wie meine Hauptfiguren. Auch wenn das für Rechte und Rassist*innen unvereinbar ist. So verschieden Kassy Krause und Josina auch sind, ebenso wie ich haben auch sie das Recht, in dieser (Literatur-)Welt zu bestehen.

Vielleicht inspiriert dich Josinas Geschichte, dir deine eigene Traumwelt zu erschaffen. Vielleicht möchtest du jetzt mehr wissen über die Mythologie der alten Germanen.

Oder darüber, was Schamanismus tatsächlich ist und wie er in den verschiedenen Kulturen dieser Welt praktiziert wurde und wird. Vielleicht achtest du ab jetzt stärker auf deine Work-Life-Balance. Oder darauf, deinen Freund*innen zu vermitteln, wie wichtig sie dir sind. All diese Möglichkeiten und noch viele mehr hat YMIR in dieses Abenteuer eingewebt. Ob und was du daraus machst, bleibt dir überlassen.

DANKESCHÖNS

Jedes Buch, egal ob im Verlag veröffentlicht oder selbst gepublisht, ist eine Teamleistung.

Ich bin froh und stolz, so wunderbare Menschen zu kennen, die ihre Zeit damit verbringen, das, was ich mir ausgedacht habe, im bestmöglichen Licht erscheinen zu lassen.

Ich danke Judith Vogt für das Layout, das Korrektorat und das sensible und kluge Lektorat. Es hat mal wieder entscheidende Stellen im Buch deutlich verbessert. Als progressiver Kompass war Judith dazu das Licht, das der Geschichte half, »on track« zu bleiben. Alles, was an diesem Text noch zu kritisieren ist, geht ganz allein auf meine Kappe. Und sorry nochmal für den D***baum :)

Ich danke Christian Vogt für die wissenschaftlichen Tipps und bitte schon jetzt um Entschuldigung, dass ich am Ende doch mal wieder mein eigenes Ding gemacht habe, das nur für diejenigen wissenschaftlich klingt, die ähnlich ahnungslos sind wie ich.

Ich danke Alexandra Boisen für das Sensitivity Reading in Bezug auf Sina und die Trans*-Thematik. Auch hier gehen all die Dinge, die nicht sensibel geraten sind, auf mich.

Ich danke Mela für die fantastischen Cover, für die schöne Zusammenarbeit und dafür, dass ich dabei viel über Hawaiianische Vulkane und Gött*innen erfahren habe.

Ich danke meinen Eltern Rita und Eckus dafür, dass sie mich immer unterstützen und empowern, egal wie ausgefallen, unmöglich oder verwirrend meine Ideen sind.

Ebenso danke ich meinem Lieblingsbruder Dens und seiner Frau Gaby für ihren Support – und Gaby besonders für die heilsamen Kräutertees.

Last but not least danke ich dir, mailof Stefan. Du bist mein Partner in Crime, mein Ehemann, bester Freund, Co-Autor, Vorbild, Kollege, Kritiker, Anfeuerer und am-Boden-Halter. Ohne dich wär alles nichts. Mit dir ist selbst das Nichts die Welt. Surt, Armin, Remy, Shane, der Berserker, Anton, Odin und Loki – sie alle spiegeln meine Liebe für dich.

Krause – Schwarz, Elektrikerin und Geisterjägerin a.D. –
kommt in die rheinische Pampa. Ende der Achtzigerjahre,
auf dem Dorf, begegnen ihr viele Weiße mit Vorurteilen.
Entsprechend schnell will sie eigentlich wieder raus aus
„Milchschnittenhausen". Doch dann bekommt sie es mit einer okkulten Verschwörung von Nazi-Geistern zu tun ...

Zeitfracht Medien GmbH
Ferdinand-Jühlke-Straße 7
99095 Erfurt, Deutschland
produktsicherheit@kolibri360.de